PHILIPPE SCHRÖDER.
Septembre 2017.

PAR LE VENT PLEURÉ

Du même auteur

Un pied au paradis
Éditions du Masque, 2009
et Le Livre de Poche, nº 32043

Serena
Éditions du Masque, 2011
et Le Livre de Poche, nº 32692

Le Monde à l'endroit
Seuil, 2012
et Points, nº 3101

Une terre d'ombre
Seuil, 2014
et Points, nº 4025

Incandescences
Seuil, 2015
et Points, nº 4311

Le Chant de la Tamassee
Seuil, 2016
et Points, nº 4509

RON RASH

PAR LE VENT PLEURÉ

roman

TRADUIT DE L'ANGLAIS (ÉTATS-UNIS)
PAR ISABELLE REINHAREZ

ÉDITIONS DU SEUIL
*25, bd Romain-Rolland, Paris XIVe*

Ce livre est édité par Marie-Caroline Aubert

Titre original : *The Risen*
Éditeur original : Ecco (HarperCollins *Publishers*)

ISBN original : 978-0-06-243631-3

ISBN 978-2-02-133855-3

www.seuil.com

À George Singleton

Alors commença le châtiment.

Fédor Dostoïevski, *Les Frères Karamazov*
(trad. Ély Halpérine-Kaminsky et Charles Morice), Plon, 1888

Elle attend. Chaque printemps les fortes pluies arrivent, et la rivière monte, et son cours s'accélère, et la berge se désagrège toujours davantage, brunissant l'onde de son limon, mettant au jour une nouvelle couche de terre sombre. Des décennies passent. Elle est patiente, dans sa coquille de bâche bleue. Chaque printemps l'eau clapote plus près, décolore les racines, dégage les pierres, érafle et polit. Elle attend, et un jour apparaît dans la berge un lambeau de bleu, puis plus de bleu encore. La pluie s'arrête et le soleil se montre, mais elle est prête désormais et la berge tremble un instant et se soulève, et les filaments de bâche se déroulent et elle se déverse dans le courant, et elle est libre. Des fragments d'os se rassemblent dans un remous, forment un bref collier. Le flot poursuit sa course vers la mer.

Première partie

UN

Dès le début, la faculté d'apparaître et de disparaître qu'avait Ligeia a semblé magique. La première fois, il y a de cela quarante-six ans, c'était à Panther Creek, l'été qui a précédé mon entrée en première.

Tous les dimanches, après la messe et le déjeuner chez notre grand-père, Bill, mon grand frère, et moi, nous enfilions un T-shirt et un jean coupé, jetions notre matériel de pêche dans le pick-up Ford 1962 que nous avait acheté Grand-père, et partions vers l'ouest en sortant de Sylva. Une fois franchie l'autoroute, nous nous enfoncions dans une forêt domaniale, puis nous roulions un bon kilomètre sur la route de gravier qui longeait la rivière ; cannes et moulinets s'entrechoquaient à l'arrière quand Bill s'engageait sur l'ancienne piste forestière. Des branches et de jeunes arbres venaient bientôt racler le capot et le pare-brise. Ensuite il n'y avait plus de chemin, rien qu'une trouée entre les arbres dans laquelle Bill se faufilait avant de s'arrêter en faisant patiner les pneus.

À même pas trois kilomètres de là, on pouvait trouver dans la Tuckaseegee des truites plus grosses et des bassins plus profonds où se baigner, mais les truites et les plans d'eau d'ici nous suffisaient. Mieux encore, nous avions cette portion de la rivière à nous seuls et nous tenions à ce que rien ne change, voilà pourquoi Bill se garait à un endroit où l'on n'apercevait pas le pick-up depuis le chemin. Nous nous glissions dans un fourré de rhododendrons dont les branches, en se rabattant parfois brutalement, nous laissaient des zébrures et des égratignures sur la peau. Au bord de l'eau, nous appâtions nos hameçons et lancions nos lignes vers l'amont, là où le courant qui ralentissait formait un bassin large et profond. Nous installions les cannes sur des rochers, puis nous nous mettions torse nu, pieds nus, et ne gardions que nos jeans coupés pour nager dans le bief d'aval du bassin. Lorsque l'extrémité d'une canne frémissait, l'un de nous deux sortait de l'eau pour ramener ce qui tirait sur la ligne. C'était souvent un mulet à corne ou un poisson-chat, mais si c'était une truite nous la passions par les ouïes sur notre anneau métallique. Grand-père aimait manger des truites tout juste pêchées, et il exigeait que nous lui en rapportions. Notre mère les roulait dans la farine de maïs et les faisait frire pour « le vieux », comme nous l'appelions parfois, Bill et moi, quoique jamais en face.

Après ces heures où nous étions restés engoncés dans des costumes étouffants et assis sur des bancs raides, puis sur des chaises de salle à manger à dos droit, pénétrer dans l'eau et étendre bras et jambes était libérateur. Le soleil de midi tapait sur le bassin, et lorsque nous y entrions, de l'eau jusqu'à la taille, la chaleur et le froid s'équilibraient comme sur un niveau à bulle. C'était la plus agréable des sensations de savoir que dans un instant, mais pas séance tenante, je plongerais dans le froid pour émerger ensuite dans la chaleur. Des années plus tard, en fac à Wake Forest, à l'époque où je me croyais encore capable de créer une œuvre littéraire, je composerais un poème médiocre sur ces matinées à l'église, suivies du « baptême de la nature ».

Nous avons attrapé cinq truites avant que Bill ne ressorte les poissons de l'eau, indiquant par là qu'il était temps d'y aller. Par un trou dans la voûte de feuilles le soleil déclinant avivait l'éclat argenté de l'anneau métallique, enflammait les balafres rouges sur le flanc des truites. « Un lustre dégoulinant », c'était ainsi que je le décrirais à ma mère le soir même. Bill a ouvert le couteau de combat ayant autrefois appartenu à notre père et en a bloqué la lame.

« Un bon entraînement », a-t-il lancé, dans la mesure où après l'année qu'il passerait encore à Wake Forest il irait à Bowman Gray, pour devenir non pas médecin généraliste, comme notre grand-père, mais chirurgien.

Je ramassais une serviette de plage sur le sable quand je l'ai vue.

« Il y a quelqu'un plus bas, dans l'eau, là où la rivière décrit un coude, ai-je indiqué.

– Un pêcheur ? » a voulu savoir Bill.

Il a lâché la truite qu'il était en train de vider. Le couteau est resté dans sa main tandis qu'il faisait quelques pas vers l'aval.

« Je ne vois personne.

– Une fille. Elle était dans le bassin, elle nous observait, et puis elle a plongé sous l'eau.

– Une fille ? Une gamine, ou une "fille" genre de notre âge ?

– De notre âge.

– En maillot de bain ?

– Je ne crois pas qu'elle portait quoi que ce soit.

– Rien, même pas en bas ?

– Rien sur la partie que je pouvais voir.

– Et il y avait quelqu'un avec elle ?

– Je n'ai pas eu l'impression. »

Bill a posé le couteau.

« Bon, allons voir ça. »

Mais le bassin était désert, sans une ride. Aucune trace de pas ne marquait le sable.

« Dis-moi, frérot, tu ne serais pas allé fouiner dans l'armoire du cabinet de Grand-père ? s'est enquis Bill.

– Elle a pu ressortir de l'autre côté. » Sur la berge d'en face, encadré de rhododendrons, un bloc de granite aussi long et large qu'une porte de hangar s'abaissait vers la rivière. J'ai montré du doigt une ombre humide. « On dirait que de l'eau a dégouliné sur ce rocher.

– Ça pourrait aussi bien être un rat musqué ou une loutre », a objecté Bill.

Il est descendu le long de la rive, n'a rien remarqué, puis s'est enfoncé dans les bois, assez loin pour scruter la route de gravier.

« Je n'ai pas vu de voiture, a-t-il signalé en revenant. Alors, Eugene, d'où sortait-elle ? Tu crois que c'est une sirène venue de l'Atlantique ?

– Quelqu'un a pu la déposer, ou bien elle a pu passer par la crête. Il y a des maisons, là-bas.

– Des maisons, mais pas de camp de nudistes. » Bill a posé une main sur mon épaule, suffisamment ferme pour que je ne puisse pas l'envoyer promener. « Il faudrait qu'on te trouve une vraie fille, pour empêcher que tu t'en inventes une.

– Ça va, laisse tomber. Je me suis trompé », ai-je reconnu, lassé d'être mis en boîte, mais me demandant tout de même si je ne l'avais pas imaginée.

Et pourtant, non. D'ailleurs, aujourd'hui, après toutes ces années, Ligeia a une fois de plus fait une brusque apparition, quoique pas à Panther Creek mais en première page du journal de notre comté, et sans paraître plus vieille qu'en 1969. Une sirène qui n'avait pas regagné l'océan, tout compte fait, raison pour laquelle j'ai enfreint la règle que je me suis fixée de ne pas boire avant cinq heures de l'après-midi. C'est le matin, mais une pinte de Jack Daniel's vide traîne sur la table basse à côté de la bouteille de vin d'hier soir. Il y a une heure, j'ai lu la manchette : « Des restes humains identifiés comme étant ceux de Jane Mosely » ; j'ai replié le journal et je l'ai posé, retourné, sur le canapé. J'espère maintenant que le whiskey fera suffisamment tampon pour me permettre de lire l'article en entier. « Je me suis glissé dans cette bouteille de whiskey et j'y suis resté. » Des années auparavant, un vendredi soir, j'avais entendu ces paroles au sous-sol de l'église méthodiste de Sylva. Je n'avais encore jamais pensé ainsi au whiskey, mais c'est bien ce qu'on recherche – être suspendu dans cet éclat ambré. Ce qu'on recherche sans toujours y parvenir, parce que ce matin je n'en trouve pas le chemin.

Le cabinet de Bill ouvre à neuf heures. Lorsque sur la pendule de la cuisinière la grande aiguille atteint son point culminant, je compose le numéro. La réceptionniste me répond que mon frère est au bloc.

« Quand va-t-il en sortir ?

– C'est une opération en urgence, monsieur Matney, je n'en sais trop rien.

– Dites-lui qu'il me rappelle dès son retour.

– C'est noté.

– Est-ce qu'il a un téléphone portable ou un biper ?

– Votre frère ne répond pas aux appels pendant les interventions, monsieur.

– Vous pouvez au moins lui envoyer un message pour lui demander de me rappeler, ou alors me donner son numéro. »

Pendant quelques instants, la ligne reste silencieuse.

« Je vais lui envoyer un SMS », ronchonne enfin la réceptionniste.

Quelqu'un à l'hôpital saurait peut-être quand Bill aura terminé, mais on ne me le dira pas au téléphone. Je n'ai pas faim, pourtant manger va m'occuper pendant que j'attends, alors je me force à avaler un bol de céréales. D'ailleurs, l'alcool et un estomac vide ne font jamais bon ménage. Jamais.

DEUX

Cet été-là, Bill et moi travaillions au cabinet de notre grand-père, de dix heures trente à dix-huit heures en semaine, de neuf heures à midi le samedi. Nous étions garçons de courses, ou bien nous répondions au téléphone si Shirley, qui faisait à la fois office d'infirmière et de réceptionniste, était occupée ou partie déjeuner, ce qui nous laissait beaucoup de temps pour lire des livres que nous apportions de chez nous, ou les magazines éparpillés un peu partout à l'accueil. « De garde », disait notre grand-père, ce qui signifiait aussi sous son contrôle. Quand, à dix-sept heures, Grand-père et Shirley s'en allaient, Bill et moi balayions et passions la serpillière, nettoyions les toilettes et vidions les corbeilles à papier, désinfections les paillasses et les lits d'examen. Le seul travail pénible s'accomplissait le samedi, lorsqu'il fallait cirer et lustrer les sols. Le cabinet étant fermé, les lieux étaient pour ainsi dire rien qu'à nous. Tenir la lustreuse d'une main ferme tandis qu'elle glissait sur le lino, c'était comme maîtriser une tondeuse à gazon sur une surface glacée. Bill et moi, nous nous relayions tous les quarts d'heure, mes bras engourdis une fois la tâche terminée. Ensuite, nous nous reposions un court instant dans la salle d'attente, le climatiseur à fond, puis nous fermions la porte à clé et pénétrions dans la chaleur de midi.

Pendant l'année scolaire, Nebo, l'homme à tout faire muet de notre grand-père, s'occupait du ménage, mais l'été venu il s'affairait au jardin, réparait à l'occasion les robinets qui fuyaient, reclouait les planches disjointes, se chargeait des travaux de peinture et de tout ce que Grand-père lui ordonnait de faire. Le samedi, pendant que Bill et moi travaillions à l'intérieur, il tondait le petit jardin du cabinet au moyen d'un vieil engin que notre grand-père refusait de remplacer. Deux ou trois fois, chaque samedi, les lames de la machine s'arrêtaient et Nebo entrait boire un verre d'eau, mais aussi inspecter notre travail, sans jamais manquer de désigner un coin que nous avions oublié.

Nos salaires étaient équivalents à ceux que nous aurions touchés pour des emplois plus pénibles si nous avions bossé dans une équipe municipale d'entretien des espaces verts ou à la scierie locale. Que Grand-père nous ait engagés, Bill et moi, semblait une façon de réaffirmer ce qu'il avait déclaré à notre mère quand l'accident de chasse l'avait laissée veuve – qu'il prendrait soin d'elle et de nous deux. Grand-père était propriétaire de la maison où nous vivions, qu'il nous autorisait à habiter sans acquitter de loyer, toutes taxes et charges payées. Nos études supérieures, appareils dentaires, vêtements, et autres besoins quels qu'ils soient, seraient financés. Quant aux petits boulots d'été, Grand-père aurait pu carrément nous donner de l'argent sans contrepartie, mais, comme il nous le disait, il était de son devoir de nous inculquer le sens de la discipline et des responsabilités. Ces petits boulots visaient toutefois un autre but – que Bill n'oublie pas qu'il devait devenir chirurgien ; le cadre médical du cabinet l'y aidait. Le travail le retenait également près de Sylva et loin de la Virginie où sa petite amie, Leslie, rentrée de Wake Forest, passait l'été dans sa famille.

Bill serait chirurgien, cela avait été décrété du temps où il était encore à l'école primaire. « Regardez comme il ôte le gras de ce rôti, avait dit Grand-père à notre mère. Un chirurgien-né, et destiné à compter parmi les meilleurs, tout à fait comme nous aurions dû l'être, son père et moi. Et toi, Eugene, avait-il ajouté en se tournant vers moi, le sourire aux lèvres, qui ne te sers même pas de la bonne main ! Je ne connais pas un seul chirurgien gaucher. Les adeptes de la main gauche ne voient pas les choses de la même manière, et ce n'est pas ce que l'on attend de quelqu'un maniant le bistouri. Ce serait sans grande importance pour un généraliste, mais de toute façon ta mère insiste pour t'orienter vers des activités plus artistiques. » C'était l'une des rares fois dont j'aie été témoin où notre mère s'était ouvertement opposée à son beau-père. « Non, avait-elle répondu d'un ton calme, je désire simplement que mes fils suivent leur inclination. »

Les tentatives de Grand-père pour façonner notre avenir avaient commencé bien avant. Le premier cadeau de Noël dont je me souvienne était une sacoche de médecin en plastique noir, garnie d'un stéthoscope et d'un thermomètre miniatures, d'un marteau en caoutchouc pour tester les réflexes, et de bistouris en plastique qui avaient l'allure de couteaux de pique-nique. Il y avait des livres pour enfants sur la médecine, des écorchés exposant veines et organes. Très tôt, Grand-père avait emmené Bill à son cabinet et dans ses visites chez les patients trop âgés pour sortir de chez eux. Plus tard, mon frère a déclaré qu'il n'y avait pas eu un moment où il n'ait voulu devenir chirurgien. Mais comment aurait-il pu en être autrement ?

Notre grand-père m'encourageait toujours à envisager une carrière médicale, mais sans grande conviction. De temps à autre, j'allais à son cabinet et je le suivais dans ses visites à domicile. S'il montrait quelque chose à Bill au microscope, ou lui expliquait un diagnostic, il lui arrivait de s'adresser aussi à moi, peut-être avec l'idée que je pouvais encore être au nombre des élus. Ou peut-être était-ce une façon de minimiser l'influence de ma mère. Mais une fois Bill entré à Wake Forest en année préparatoire aux études médicales, mon grand-père n'a plus jamais évoqué pour moi un avenir dans la médecine.

Après les taquineries de Bill sur les sirènes, le dimanche suivant j'avais décidé de rester lire à la maison.

« Prends ton bouquin et viens avec moi, Eugene, a insisté mon frère. Je vais laisser tomber mes conneries sur la sirène et je nous achèterai du Pepsi. Tu n'auras rien d'autre à faire que nager et lire. Je m'occuperai des cannes à pêche.

– D'accord », ai-je fini par dire.

Sitôt arrivé, j'ai étalé ma serviette sur le sable et j'allais ouvrir mon livre de poche quand Bill a parlé :

« En fait, elle existe. »

Plus bas, la fille que j'avais vue la semaine précédente barbotait dans les hauts-fonds du bassin, sauf que cette fois elle portait un deux-pièces vert. Si elle nous avait repérés, elle n'en laissait rien paraître.

« Tu la reconnais ? m'a demandé Bill.

– Non.

– Elle remplit joliment bien son maillot, tu ne trouves pas ? Et si on allait se présenter ?

– Je ne suis pas sûr que ce soit une très bonne idée. Elle a peut-être envie d'être seule.

– Bon, si c'est le cas, d'accord, mais ça ne peut pas nous faire de mal d'en avoir le cœur net », a reconnu Bill.

Et comme toujours il a ouvert la marche et je l'ai suivi.

Nous voyant arriver, la fille a plongé là où l'eau était plus profonde.

« Salut ! a crié Bill. On voulait simplement se présenter. »

Nous l'avons fait fuir encore une fois, ai-je pensé, mais lorsque nous sommes arrivés au bassin elle était sur la rive opposée. Ses bras étaient langoureusement posés sur le rocher plat, la tête et les épaules hors de l'eau, le haut du bikini vert au ras de la surface. Sa longue chevelure rousse mettait en valeur ses yeux bleu-vert et son teint parfait. De près, elle paraissait plus jeune, plus proche de mon âge que de celui de mon frère. Des perles aux couleurs vives entouraient son cou. Des *love beads*, c'était leur nom, je le savais. Accroché au collier hippie, il y avait un symbole de paix de la taille d'une petite pièce de monnaie. Elle a levé une main pour ramener ses cheveux dégoulinants derrière ses oreilles, et ainsi découvert le croissant pâle d'un sein. J'ai détourné le regard, sentant mes joues s'empourprer.

« Qu'est-ce que vous voulez, les gars ? » a-t-elle demandé.

Son accent était celui des habitants de Floride, dont les résidences secondaires parsemaient les crêtes alentour.

« Te dire bonjour, c'est tout. Moi, c'est Bill, et lui, c'est mon frère, Eugene. »

Elle s'est enfoncée plus profondément dans l'eau, jusqu'au collier, sans jamais nous quitter des yeux.

« Tu n'es pas d'ici, hein ? a demandé Bill.

– Moi, non, mais vous, je peux dire que oui, a-t-elle remarqué en montrant d'un signe de tête nos jeans coupés. Avant, c'étaient des salopettes ?

– On n'est pas des bouseux, a riposté mon frère, dont le visage a viré au rouge. Je suis en troisième année à Wake Forest et on habite à Sylva, pas dans le coin. Notre grand-père, il est médecin.

– Hé, ne t'énerve pas comme ça. Je blaguais, a-t-elle répondu, avant d'ajouter, sur le même ton tranquille : Votre grand-père, là, son cabinet, il est à Sylva ?

– Oui.

– Ça, ça me botte.

– Et toi, alors, d'où tu viens ?

– De Floride, de Daytona Beach.

– Tu es ici en vacances ?

– Seulement si tu appelles des vacances s'ennuyer comme un rat mort pendant tout un été.

– Donc ta famille a une résidence secondaire là-haut ? » a demandé Bill.

Et comme elle ne répondait pas :

« T'es venue comment à la rivière ? Je veux dire, est-ce que quelqu'un t'a déposée ?

– Ton frère, il sait parler ?
– Oui, a dit Bill en se tournant vers moi.
– Comment tu t'appelles ? ai-je balbutié.
– Ligeia.
– C'est un joli nom, ai-je remarqué. Je n'ai jamais connu personne qui s'appelle comme ça.
– C'est le genre de nom que je voulais, pas un nom vieillot comme Jane.
– Eugene t'a aperçue la semaine dernière, a repris Bill en souriant. Il s'est demandé si tu n'étais pas une sirène.
– Mais non, ai-je protesté en rougissant une fois de plus.
– J'en suis peut-être une, a dit Ligeia, qui ne regardait que moi. Tu n'as pas encore jeté un coup d'œil au bas, hein ?
– Ce n'était pas mon intention, ai-je marmonné. Je veux dire, de te voir. »

Pendant quelques instants, personne n'a parlé. Ligeia a baissé les paupières, s'est laissée filer sous l'eau, puis elle est remontée à la surface. Elle a passé sa paume sur son front et écarquillé les yeux, comme si elle était étonnée que nous soyons encore là.

« Si tu veux, tu peux venir là-haut avec nous, a proposé Bill. Le bassin est plus grand.
– On a du Pepsi bien frais, ai-je ajouté.
– Boire du Pepsi, c'est ce que vous appelez un *happening*, par ici ? a lancé Ligeia.
– Un "*happening*" ? ai-je répété.
– Une fête, une bringue, a-t-elle précisé en se tournant vers Bill. Tu as l'âge légal pour acheter de l'alcool, non ?
– Oui.
– Et tu n'as rien de plus fort que du Pepsi ?
– Non. Enfin, pas ici.
– Alors je ne bouge pas de là.
– La prochaine fois, ça pourrait être possible. J'achèterai de la bière.

– J'ai horreur du goût de la bière. Pourquoi pas du whiskey, ou de l'herbe ?

– Si j'étais à la fac, je pourrais trouver du whiskey, mais dans le coin…

– Il y a pourtant un ABC en ville, non ?

– Ouais, mais en acheter dans ce magasin-là, ça ne serait pas une bonne idée, a répondu Bill, sans autre explication.

– Tu ne peux pas nous dégotter du rosé, au moins, une bouteille de Strawberry Hill ? On dirait du Kool-Aid, mais j'arrive à l'avaler.

– Ça, oui, je pourrais en trouver. »

Ligeia a fixé du regard un point derrière nous pendant quelques instants, avant de baisser les yeux et de caresser du bout de l'index, en faisant des allers et retours, les perles qu'elle avait autour du cou. Elle a reposé ses avant-bras sur le rocher et nous a regardés.

« Et vous y êtes souvent, au cabinet de votre grand-père, les gars ?

– C'est là qu'on travaille. On fait du ménage, surtout, ai-je expliqué.

– Je parie que c'est plein d'échantillons de médicaments qui traînent, des trucs pour se relaxer, du genre Méthaqualone ou Valium. Apportez-en et je vous montrerai comment on fait la fête dans l'État ensoleillé. » Ligeia a marqué un temps et souri. « Comme ton petit frère l'a vu la semaine dernière, je peux tout déballer. »

« Il est hors de question qu'on fasse ce genre de trucs », voilà ce que je pensais que répondrait Bill, mais non, il lui a demandé son âge.

« Tu me donnes combien ?

– Eugene a seize ans. Je dirais que tu as au moins un an de plus, peut-être deux.

– Je crois que je vais te laisser à tes suppositions, et puis aussi deviner si j'ai des pieds ou bien des nageoires, a lancé Ligeia.

Un peu de mystère, ça rend toujours une nana plus intéressante, non ?

– À quelle heure tu seras là, samedi ? ai-je voulu savoir.

– Je suis là quand j'apparais », a-t-elle répondu.

Elle a nagé dans l'eau peuplée d'ombres à côté de la saillie rocheuse, nous a fait un clin d'œil, puis s'est laissée couler lentement. Tandis que sa tête disparaissait, la longue chevelure rousse s'est déployée en éventail à la surface. Puis, telle une fleur nocturne qui se referme, elle s'est rassemblée avant de disparaître.

« Allez, viens », a dit Bill.

Nous sommes retournés vers notre bassin. J'ai ramené les lignes pour vérifier les appâts.

« On dirait bien qu'on se baigne à poil, quand on fait la fête en Floride, a remarqué mon frère.

– La semaine dernière, elle ne savait pas qu'on était là. Elle met un maillot, maintenant qu'elle sait qu'il y a du monde dans le coin.

– On ne porte pas cette sorte de haut de maillot de bain, à moins de vouloir qu'on te mate, frérot. Encore qu'elle pourrait être comme les filles qui viennent l'été à la piscine. Elles veulent qu'on les regarde pour pouvoir jouer les snobs comme leurs parents.

– Je ne crois pas que ce soit son genre. Son accent, oui, mais pas les mots qu'elle emploie. Ils sont plutôt comme… tu sais…

– Ceux que prononcerait une hippie.

– C'est de ça qu'elle a l'air. Les perles et tout le reste.

– Ou alors elle fait semblant, juste pour paraître plus cool que nous. Il y a deux ou trois types comme ça, à Wake Forest. C'étaient des abrutis avant qu'ils se laissent pousser les cheveux, et ça n'y a rien changé.

– Ce n'est pas une abrutie, je ne crois pas.

– Non, mais pourvu qu'elle ne tombe pas malade, cet été. Tu imagines un peu la réaction du vieux ? Le collier hippie et le symbole de la paix, ça suffirait à l'envoyer sur orbite. Heureusement qu'il est gonflé à bloc à l'idée que je devienne chirurgien. Autrement, il dirait : "Rien à foutre du tirage au sort de l'armée, tu pars de toute façon au Vietnam." » Bill a marqué un temps, puis, railleur, a lancé d'une voix de stentor : « "À la guerre, on apprend à être responsable, mon garçon."

– Moi, il serait bien content de m'y envoyer, ai-je remarqué, même si j'avais un très, très gros numéro, genre 365*.

– Maman l'en empêcherait, a assuré Bill avant d'ajouter après un silence : Et moi aussi. »

Une canne a plongé et j'ai ramené un poisson-chat. Je l'ai attrapé avec précaution, en évitant la nageoire épineuse capable de vous fendre la paume. J'ai dégagé l'hameçon et rejeté le poisson dans le bassin.

« Alors, on revient la semaine prochaine ? » ai-je demandé.

Bill a hoché la tête.

« Elle a raison, un peu de whiskey ça serait sympa.

– M. Jenson ne voudra jamais t'en vendre.

– Je sais, mais si les parents de Ligeia sont comme la plupart de ces gens de Floride, ils ont un bar bien fourni. Je parie qu'elle pourrait leur en piquer, si elle essayait, en tout cas assez pour boire un petit coup, et il ne nous en faut pas plus, de toute manière. Je vais aller lui demander. »

Mais, quand nous sommes redescendus, Ligeia n'était plus là.

« On va attendre quelques minutes avant de partir, a proposé Bill. Je veux voir qui vient la chercher. »

* Durant la guerre du Vietnam, 26 800 000 jeunes Américains furent à un moment ou à un autre susceptibles d'être appelés sous les drapeaux dans le cadre du recrutement sélectif. Le critère était très simple : la date de naissance. On tirait au sort les jours de naissance, de 1 à 365, jusqu'à ce que le quota soit atteint. L'ordre de tirage de votre date anniversaire déterminait votre ordre d'incorporation. Ce tirage au sort était retransmis à la télévision. *(Toutes les notes sont de la traductrice.)*

Nous avons chargé nos affaires dans le pick-up et manœuvré pour être face à la route de gravier.

« Mais où est-ce qu'elle a donc filé ? a lâché Bill au bout de vingt minutes. Ce chemin est un cul-de-sac. Plus loin, il n'y a rien d'autre, que de la forêt.

– Comme je te l'ai dit la semaine dernière, elle est peut-être passée par la crête. Il se pourrait qu'ils aient une maison dans Chestnut Road.

– Peut-être bien, a reconnu mon frère, d'un air songeur. C'était quand, la dernière fois que tu es monté là-haut ?

– Il y a deux ou trois ans.

– Moi, je n'y suis pas allé depuis le lycée. À l'époque, il n'y avait que des mobile homes et des fermes.

– Tu sais comment c'est, les résidences secondaires. Ça pousse aussi vite que le kudzu.

– Jolie comparaison. Mets-la de côté pour un de tes poèmes », a dit Bill en démarrant. Dans un cahot, nous sommes passés du sentier de débardage sur le gravier. « Tu sais, frérot, être un artiste timide et sensible, avec les filles ça ne marche que si elles *savent* que tu es timide et sensible. Si tu te contentes de les regarder bouche bée, elles pensent que tu es comme Nebo. *Comprende ?*

– C'est toi qui l'intéresses, Ligeia, pas moi.

– Bah… elle n'a pas eu l'air d'avoir un chouchou, et si tu es son genre, alors tant mieux pour toi. Au fond, moi j'ai Leslie – encore que cet été elle pourrait aussi bien être sur la Lune.

– Et prendre des échantillons dans l'armoire de Grand-père, qu'est-ce que tu en penses ? ai-je voulu savoir.

– J'y réfléchis, m'a répondu Bill au moment où nous tournions sur la quatre-voies. Je ne pense pas qu'un échantillon lui manquerait. Sur ces étagères, il y a plus de médocs qu'à la pharmacie. Et samedi, Shirley et lui ne seront pas là. Mais, évidemment, il y aura Nebo. Et tu le connais, même s'il ne travaille pas, il sera dans les parages et viendra vérifier que tout se passe bien.

– Je sais.

– Cela dit, il ne voit quand même pas à travers les murs, hein ? Tant qu'il est dehors, il n'y a pas de quoi se faire de la bile. »

Pourtant, de la bile, je m'en faisais. Comme tous les enfants de Sylva, j'ai grandi dans la terreur de Nebo. Il mesurait pas loin de deux mètres, avait un physique sec et nerveux, des mains énormes, et la tête rasée. Il ne portait jamais ni chapeau ni casquette, si bien qu'en été son crâne rougissait comme si on l'avait plongé dans l'eau bouillante. Il devait, comme Grand-père, avoir soixante-dix ans passés, mais il était encore assez costaud pour sortir, chaque mercredi, un fût métallique de deux cents litres plein d'ordures sur le trottoir. Le plus perturbant, pourtant, c'était son silence. Nebo avait débarqué à Sylva le lendemain du jour où Grand-père était revenu de la guerre de 14, et s'était aussitôt installé dans sa dépendance. Ce qui avait laissé supposer à nombre d'habitants de la ville qu'ils s'étaient rencontrés sur le front et que Grand-père lui avait peut-être sauvé la vie. Nebo n'avait pas de cicatrices visibles, mais une démarche étrange, une jambe un demi-temps en retard sur l'autre. Certains pensaient que son mutisme, comme sa toux sèche, était dû au gaz moutarde.

De temps à autre, Nebo travaillait ailleurs, il fendait du bois, faisait des travaux de peinture, mais seulement avec la permission de Grand-père. Comme s'il était davantage un golem qu'un homme à tout faire, entre deux tâches il attendait sur les marches de la galerie, derrière le cabinet médical, un long rasoir coupe-chou dans une main, et dans l'autre une pierre à aiguiser. On entendait le grincement pareil à une respiration et, lorsqu'il élevait la lame pour en inspecter le fil, on voyait étinceler l'acier affûté au soleil. Cette habitude a causé plus d'un cauchemar d'enfants, dont certains des miens. Et aussi, sans nul doute, ceux de quelques adultes, j'en ai conscience aujourd'hui, car Nebo était présent en ce jour de décembre 1918 où notre grand-père s'était accroché avec le représentant de commerce. Et ils étaient nombreux en ville à penser qu'un peu plus tard, ce même soir, le dernier rendez-vous du type avait été avec Nebo.

« Je peux acheter de la bière et du vin dans ce magasin, a remarqué Billy au moment où, sur la quatre-voies, nous passions devant une supérette. Aussi loin de chez nous, Grand-père ne risque pas de l'apprendre, surtout pas d'un bonhomme qui parle à peine trois mots d'anglais.

– Très juste. Sauf si un de ses patients se trouve là en même temps que toi.

– Ouais, il faudrait que je fasse gaffe », a reconnu Bill. Mais alors, de sa paume ouverte, il a tapé sur le tableau de bord. « Merde, à la fin, je suis majeur ! Et même s'il l'apprenait… Cela dit, il ne le saura pas, a affirmé mon frère d'un ton dur, tout en me jetant un coup d'œil. À propos, frérot, tu es plutôt Pabst Blue Ribbon ou tu préfères les trucs qui ne sont pas d'ici, genre Heineken ?

– Je ne sais pas.

– Allez, Eugene, a-t-il repris avec un petit rire. Ne me dis pas que tu n'as jamais bu quelques bières en cachette.

– Non, jamais.

– Même pas une ?

– Non.

– Mais alors, qu'est-ce que tu fous toute la journée ? s'est-il enquis, incrédule. Tu ne peux pas passer ton temps à lire et à écrire ! Tu ne joues pas au base-ball, tu ne sors pas avec des filles, et tu ne vas pas au ciné. Au moins, je me disais que tu devais picoler. A-t-on jamais vu un écrivain qui ne picole pas ? »

Je me suis endormi comme une masse dans mon fauteuil, et je n'arrive pas à aller décrocher avant la sixième sonnerie. Ce n'est pas mon frère, mais un démarcheur qui me garantit vingt-cinq pour cent de réduction sur mon assurance auto. Tu parles ! Je jette un coup d'œil à la pendule de la cuisinière et je soustrais une heure parce que je ne passe pas à l'heure d'été. Je veux que dix-sept heures restent dix-sept heures. Je compose une fois de plus le numéro et tombe sur un message enregistré m'indiquant que le cabinet ferme entre midi et deux. Je pourrais prendre ma voiture et faire les quatre-vingts kilomètres qui me séparent d'Asheville, mais j'ai trop d'alcool dans le sang pour risquer le coup. Alors j'attends au salon, le journal sur le canapé, la première page toujours hors de vue. La vague sensation que le whiskey faisait tampon s'est estompée, et je sens combien la maison est vide. *Inutile d'être mort pour être un fantôme*, me dis-je tout en regardant le dessus de cheminée. Sauf une, les photos sont poussiéreuses et pâlies, mais encore nettes : Bill et moi sur notre trente et un pour Pâques. Une autre de Bill en tenue de base-ball du lycée et, à côté, une de moi quand j'ai été admis au Beta Club*. À gauche, mes parents le jour de leur mariage. Et encore une – celle de ma fille Sarah, l'unique preuve, dans cette maison, qu'il fut un temps où j'avais une famille. On ne voit pas de cicatrice au-dessus de son œil gauche parce que c'est sa photo en classe de seconde, prise deux mois avant l'accident. Il n'y a pas de photo de mon grand-père sur la cheminée, et il n'y en a jamais eu – une des rares occasions données à ma mère de tenir sa présence à l'écart de notre existence.

« J'aurai mon mot à dire en ce qui concerne leur éducation », lui avait-il déclaré. Il consultait toujours nos carnets de notes, et quand Bill a eu son seul B au lycée le vieil homme a annoncé qu'il n'y aurait pas de faculté de médecine à moins que mon frère « n'y mette du sien ». Mes deux B en chimie et en français, en fin de première, m'ont valu la menace que si je n'entrais pas à Wake Forest, son université, celle de mon père, et désormais

* Le National Beta Club est la plus importante organisation de jeunesse des États-Unis. C'est une structure éducative indépendante, à but non lucratif, qui depuis plus de quatre-vingts ans prépare les élèves brillants et méritants du primaire et du secondaire à devenir de futurs leaders.

celle de mon frère, il ne paierait pas pour m'envoyer ailleurs. Vêtements, longueur de cheveux, là où nous avions le droit ou non d'aller, c'était Grand-père qui en décidait.

Notre mère, toutefois, avait un esprit un peu subversif. Pendant des années elle nous a fait la lecture chaque soir, bien qu'elle ait vite pressenti que Bill, par tempérament tout autant qu'en raison de l'influence de Grand-père, témoignait peu d'intérêt pour ce qui n'existe que dans l'imagination. Elle s'arrangeait pour qu'il y ait sur les étagères de notre chambre autant d'œuvres de fiction que d'ouvrages documentaires. Twain, Poe et London, puis Hemingway et Steinbeck. Elle adorait les romanciers du dix-neuvième, surtout Jane Austen et Dickens, mais le livre qu'elle aimait par-dessus tout c'était *L'Ange exilé*, un roman qui se déroule à quatre-vingts kilomètres à peine de Sylva. « Je suppose qu'il était égoïste de ma part de te pousser vers la littérature, m'a-t-elle déclaré durant la dernière semaine de sa vie, mais c'était comme si votre grand-père avait voulu effacer en vous la moindre parcelle de moi. C'était un homme dur et intolérant, trop pragmatique, aussi, comme l'est presque toujours ce genre d'homme. Je tenais à ce que ton frère et toi voyiez qu'il pouvait y avoir en vous davantage, bien davantage. Et j'ai réussi, d'abord avec toi, mais finalement aussi avec Bill, bien que Leslie, naturellement, ait plus de mérite que moi dans cette affaire. Et pourtant, a-t-elle ajouté, si tu avais fait médecine, ton existence… »

Ma mère s'est arrêtée là, seuls restaient les bips et les sifflements des machines mesurant sa vie qui se retirait. Quand je lui ai demandé si elle voulait que je lui lise encore Wolfe ou Austen, elle a fait signe que non et fermé les yeux quelques minutes. Elle était épuisée d'avoir abordé des sujets dont on n'avait encore jamais parlé. Un dernier geste pour mettre de l'ordre, tout comme elle s'était assurée, avant de partir à l'hôpital, d'avoir passé le balai et la serpillière dans la maison et débarrassé les plans de travail de ce qui les encombrait – voilà comment j'ai fini par envisager ces derniers jours que j'ai passés avec elle. Mais elle avait conscience qu'il y a certaines choses que l'on ne peut pas mettre en ordre.

« C'est là que les romans se trompent si souvent, se trompent sciemment, a-t-elle remarqué lorsqu'elle a rouvert les yeux. On fait certains choix et l'on s'éteint sans avoir jamais pu vérifier s'ils étaient bons ou mauvais. Quand votre père est mort, je ne savais pas comment continuer. Je n'ignorais pas que vous élever sans lui, Bill et toi, serait plus difficile, mais ce que je ne pouvais supporter c'était à quel point votre père me manquait. J'étais incapable d'échapper à ce sentiment, ne fût-ce que quelques minutes. Je l'aimais à ce point-là. Le soir, lorsque Bill et toi étiez au lit, je m'endormais en pleurant. Quand Bill était à l'école et que tu faisais la sieste, je pleurais aussi. Il y avait des matins où mon corps ressentait une telle pesanteur grise, j'arrivais à peine à me lever, et je n'arrêtais pas de penser : *Demain ça ira mieux*, mais ça n'allait pas mieux. Alors, un jour, je me suis dit que je devais faire comme si votre père n'était jamais entré dans ma vie, que je ne regarderais pas de photos de lui, que je ne lirais pas les lettres qu'il m'avait écrites. Que je ne parlerais pas de lui, et que si quelqu'un abordait le sujet je détournerais la conversation. Je vous en parlais, à Bill et à toi, mais je ne vous disais jamais combien je l'aimais ni combien il me manquait, ni tout ce que je voyais de votre père en vous. J'avais peur, si je parlais de ça, surtout à vous deux, de ne plus jamais réussir à supporter sa perte. Je resterais au lit, sans plus jamais me lever. Mais aujourd'hui je me dis que j'aurais peut-être dû, que le pire c'était de ne pas dire combien je l'aimais, car, même si votre père n'était plus en vie, vous auriez su que l'amour qui vous avait amenés dans ce monde était encore vivant en moi, et donc qu'une partie de lui n'était pas morte. »

Quand j'ai rappelé à ma mère qu'elle m'avait parlé de cet amour, un jour de pluie à Asheville, elle a répondu : « Oui, mais peut-être trop tard, et pas à Bill, rien qu'à toi. – Tu as peut-être eu raison, ai-je alors remarqué. Si cela t'avait submergée et que tu avais été incapable de te lever, Bill et moi aurions été élevés par Grand-père. – Sans doute, mais nous n'en aurons jamais la preuve, pas vrai ? » a répondu ma mère. Et d'un mouvement de tête elle a montré l'exemplaire d'*Orgueil et Préjugés* posé à son chevet. « Austen connaissait ces choses-là. Elle savait pourquoi l'art nous est nécessaire. »

Pourtant ma mère n'avait qu'à moitié raison de croire que nous n'en savions rien. Il y a certains choix que l'on fait et dont on a connaissance, pour toujours, jusqu'à son dernier soupir – il ne s'agit là, évidemment, que des mauvais choix.

« Le docteur Matney a déjà pris son premier patient, m'annonce la réceptionniste lorsque je compose le numéro du cabinet, à quatorze heures cinq.

– Mais vous lui avez transmis mon message ?

– Oui, monsieur.

– Dites-lui que j'ai besoin de lui parler tout de suite.

– Il est avec un patient, monsieur, reprend la réceptionniste, d'un ton plus cassant.

– Le patient peut attendre.

– Je lui dirai *après*, quand il aura terminé avec cette personne. »

Je raccroche le téléphone sur son support mural. Je suis l'un des derniers, dans ce comté, à n'avoir ni portable ni ordinateur, parce que je n'en ai pas besoin. Je garde ma ligne fixe uniquement dans l'espoir qu'un jour je décrocherai et j'entendrai la voix de ma fille.

TROIS

Quand j'avais trois ans et Bill huit, notre père est tombé d'un affût dans un arbre, au cours d'une chasse dans le Tennessee. Il est mort à l'hôpital du comté, pendant son opération en urgence. Une intervention chirurgicale bâclée, a toujours soutenu Grand-père, mais sur quoi pouvait-il bien se baser, je n'en ai jamais rien su. À l'époque, nous habitions Asheville, où mon père terminait son internat. Notre mère, qui avait grandi à Winston-Salem, a peut-être eu le désir de retourner vivre auprès de sa famille, mais Grand-père l'a convaincue de rester à Sylva. Les proches de ma mère, tous ouvriers dans le textile, ne pourraient pas fournir grand-chose de ce qu'il avait à lui offrir.

Elle avait été la première de sa famille à décrocher un diplôme universitaire, ce qui n'avait pas été sans mal. Les rangées de A sur ses carnets de notes au lycée avaient provoqué l'animosité des autres gamins du village ouvrier. Une fois à l'université de Greensboro, les petits boulots avaient payé ce que les bourses d'études ne couvraient pas. Sa première camarade de chambre avait fait des commentaires méprisants sur son placard aux cintres vides, la deuxième lui avait offert ses vieux vêtements, ce qui, avait avoué ma mère, était pire. Mais en année de licence elle avait rencontré mon père dans une soirée, et ils s'étaient mariés au cours de son premier semestre à la fac de médecine.

Peut-être s'agissait-il depuis toujours de son amour pour lui, mais comment ma mère n'aurait-elle pas été soulagée à l'idée qu'en épousant un médecin elle n'aurait plus jamais à racler les fonds de tiroir ? « Être pauvre, ça ne vous rend pas plus noble, m'a-t-elle affirmé un jour. J'ai fait ce que j'ai pu pour que ton frère et toi n'ayez pas à connaître ça. » Et puis, mère de deux jeunes garçons, voilà qu'elle s'était retrouvée veuve. Étant diplômée d'anglais de Greensboro, elle pouvait enseigner, mais avec Bill et moi à élever elle aurait été bonne pour les comptes bancaires en dents de scie et les factures en retard, ce qu'elle avait connu petite mais voulait épargner à ses enfants. Est-ce un manque de générosité de croire qu'elle a accepté l'offre de son beau-père tout autant pour elle que pour ses fils ? Je ne pense pas. Une seule fois, quand Bill avait treize ans et moi huit, notre mère nous a demandé de faire nos bagages. Nous quittions Sylva pour nous installer à Winston-Salem, a-t-elle dit. Mais nous ne sommes pas partis.

Grand-père n'a jamais dénigré devant nous les origines de notre mère. Il admirait sa détermination, le « cran » dont elle avait fait preuve pour améliorer sa condition. Elle savait ce qu'elle avait à faire et elle l'avait fait, nous avait-il dit. Désormais, étant la veuve de son fils, elle n'avait plus qu'à se préoccuper de rester à la maison pour élever ses deux petits-fils. Ou en avoir le droit, ai-je fini par comprendre, car lorsque Grand-père est mort, pendant mon année de licence à Wake Forest, ma mère a changé de vie du tout au tout. Mon grand-père lui avait légué la maison et assez d'argent pour vivre à l'aise, mais il était tout juste dans la tombe qu'elle a commencé à travailler à mi-temps à la bibliothèque, puis à plein temps. Peu après, elle s'est mise à fréquenter un conseiller d'orientation du lycée, j'en suis donc venu à penser que l'accord qu'elle avait été tenue de passer avec Grand-père consistait en partie à ne pas se chercher de second mari.

« Dans la vie on fait des choix, et il faut accepter les conséquences de ces choix. » Dans notre enfance, Bill et moi avons souvent entendu cette maxime de Grand-père, à propos de tout, d'un mal de dents comme d'une mauvaise note. La guerre avait conforté cette opinion, nous expliquait-il, avant de nous raconter l'histoire d'un compagnon d'armes qui s'était endormi pendant son tour de garde, laissant ainsi un Allemand s'approcher assez près pour lancer une grenade dans leur tranchée. Trois membres de l'escadron étaient morts, et Grand-père avait perdu la moitié de deux doigts, ce qui, s'agissant de sa main droite, l'avait condamné à être pour toujours médecin généraliste. Les jours suivants, aucun des autres soldats n'avait adressé la parole au type, même après qu'il avait supplié qu'on lui pardonne et juré que cela n'arriverait plus. Dix jours plus tard, au cours d'une contre-attaque, des bombes au gaz moutarde avaient atterri au milieu de leur unité. Le garde qui s'était endormi avait alors fixé son masque sur son visage, et trouvé le tuyau entaillé. Il avait perdu la vue et eu les poumons carbonisés. Il avait mis une semaine à mourir. Ce qui était un juste retour des choses, de l'avis de notre grand-père, le type ayant ainsi reçu une bonne leçon. Grand-père n'a jamais dit qu'il avait lui-même entaillé le tuyau, mais il nous a tout de même confié qu'il avait tiré de la guerre une autre leçon : combien il est facile de tuer un être humain.

Ce que j'ai failli apprendre à mon tour.

« Elle gardera probablement une légère boiterie pour le restant de ses jours, mais, tout bien considéré, dites-vous que vous avez eu de la chance. À un centimètre près, son artère fémorale aurait été sectionnée. Rien, alors, n'aurait pu la sauver. » Nous étions devant la chambre d'hôpital de Sarah, la chirurgienne orthopédique, Kay et moi. Kay en a eu le souffle coupé et a plaqué une main sur sa bouche. Quand j'ai posé la mienne, légère, hésitante, sur son épaule, elle a tressailli à mon contact. J'ai plongé mes yeux dans les siens, et ce que j'y avais vu pendant des mois – de la colère, de la tristesse, de la sollicitude – avait disparu. Elle a simplement regardé *à travers* moi, dans un avenir où je n'existais pas.

Il est dix-sept heures trente quand le téléphone finit par sonner. J'ai vidé trois petits verres de mon whiskey, pour accélérer ma quête du chaleureux rayonnement ressenti, pour la première fois, un dimanche à Panther Creek.

« Je sais pourquoi tu m'as appelé, annonce mon frère. Moi aussi j'ai lu le journal, et tout ce que j'ai à dire c'est : laisse tomber. Ce qui est arrivé n'a plus d'importance.

– Mais si, voyons. Tu m'avais expliqué que tu l'avais mise dans le car pour Charlotte.

– Écoute, Eugene, on *ne parle pas de ça*, ni tous les deux ni avec qui que ce soit d'autre, jamais.

– C'est ce qu'on fait, là, toi et moi.

– S'il te reste assez de neurones pour comprendre que je sais ce qu'il convient le mieux de faire, c'est jamais, lance Bill avec une dureté que je ne l'ai entendu diriger contre moi qu'une seule fois.

– On en parle, là.

– Tu m'entends ? demande mon frère. Rien que d'être au téléphone, c'est… Écoute, raccroche, garde ça pour toi et ne parle jamais d'elle, ni à moi ni à personne, *jamais*.

– Pas question. »

Pendant quelques instants, on n'entend que le silence.

« Bon, d'accord, Eugene, reprend Bill avec un soupir. Mais pas au téléphone. De vive voix.

– Où ?

– À mon cabinet.

– Quand ?

– Demain matin. J'ai une opération à huit heures, mais je peux te voir à onze, à moins qu'on n'ait besoin de moi aux urgences.

– Je ne veux pas attendre aussi longtemps.

– Bien obligé. Et ne retéléphone pas, n'envoie pas de mail, ne parle à *personne* de cette histoire, même si quelqu'un aborde le sujet. Sois là à onze heures, c'est tout. Par ailleurs, tu as sacrément intérêt à ne pas avoir picolé. »

Je raccroche et verse dans mon verre une nouvelle rasade de whiskey. L'obscurité qui se coule dans le quartier voile d'abord la rue et le trottoir, puis le jardin et la maison de mon voisin. Le réverbère s'allume, hésite, vacille. Tout comme la mémoire : une nuit d'été, quand Sarah avait trois ans, où je l'avais emportée dans mes bras jusque sur les marches de la galerie. « Bonne nuit, lune », avions-nous dit tous les deux, et Sarah, montrant du doigt les lucioles : « Encore lunes, encore lunes. » C'était quelque chose que j'aurais noté dans un cahier, un an ou deux plus tôt, mais à l'époque j'avais mis fin à mes week-ends et à mes soirées passés à écrire. Je m'étais donné pour excuse que ce n'était pas boire qui m'empêchait d'écrire, c'était d'avoir choisi d'être davantage, pour Kay et Sarah, qu'une machine à écrire crépitante derrière une porte fermée. Ce n'était toutefois qu'un mensonge de plus.

Je jette un nouveau coup d'œil à la pendule de la cuisine. Tandis que je remplis encore une fois mon verre de glaçons et de whiskey, j'essaie de calculer combien il reste d'heures jusqu'à ce que je puisse parler à mon frère, mais je perds sans cesse le compte. Au fond, est-ce que je ne sais pas déjà qui est responsable de ce qui est arrivé à Ligeia Mosely ? J'étais à Panther Creek lorsque la menace a été proférée. C'est moi qui l'avais amenée là-bas, pour commencer.

QUATRE

À San Francisco, le *Summer of Love*, l'été de l'amour, a eu lieu en 1967, mais il a fallu deux ans pour qu'il atteigne le petit monde provincial des Appalaches. Sur l'autoroute, en février, on a aperçu un hippie au volant d'un minibus bariolé, un événement dûment signalé dans le *Sylva Herald*. Sinon, la contre-culture était quelque chose qu'on ne voyait qu'à la télévision, tout aussi exotique qu'un pingouin ou un palmier nain. En ce mois de juin, les seuls petits signes de changement étaient deux ou trois étudiants de l'université de Caroline du Nord revenus de Chapel Hill pourvus de chevelures plus broussailleuses. Notre grand-père ne permettait pas à nos cheveux de toucher notre col, mais de toute façon Bill ne les aurait pas laissés pousser.

Le mardi qui a suivi notre rencontre avec Ligeia, Grand-père nous a envoyés faire notre tournée hebdomadaire des patients qui n'avaient pas le téléphone, pour leur remettre des messages. La plupart habitaient dans des coins perdus, et en chemin nous passions souvent devant la piscine municipale. Bill a ralenti pour regarder les filles qui se doraient au soleil.

« Je me disais que Ligeia serait peut-être là.

– Elle n'a pas l'air de prendre beaucoup de bains de soleil.

– C'est vrai. On aurait pourtant pu croire que les filles de Floride étaient toutes très bronzées.

– Peut-être qu'elle s'en fiche d'être différente. Ce qui n'est pas si mal. »

Nous avions terminé notre boulot, mais sur le trajet du retour Bill a pris à droite plutôt que de rentrer directement chez nous.

« J'ai pensé qu'on verrait si Ligeia habite là-haut, a-t-il expliqué. Si elle est dehors, on pourrait lui demander de piquer un peu de whiskey à ses parents. »

Nous avons franchi le pont sur Panther Creek, puis tourné à gauche dans Chestnut Road. Nous sommes passés devant quelques jolies fermes à un étage dans les basses terres, mais au fur et à mesure que la route s'élevait en lacets des mobile homes et des maisons dégradées par les intempéries sont apparus, bordés sur les côtés de petits jardins souvent jonchés de carcasses de voitures rouillées et d'appareils ménagers hors d'usage. Certains de leurs habitants touchaient l'aide sociale. Nous n'avions jamais de messages pour eux, et, même s'ils venaient en personne prendre rendez-vous, Grand-père exigeait de Shirley qu'elle envoie en salle de soins les patients payants en priorité. Certains jours, il refusait tout net de recevoir les malades qui touchaient les allocations.

« Ses parents doivent avoir envie de profiter d'une belle vue, a suggéré Bill tandis que se présentait à nos yeux une autre maison miteuse flanquée de son jardinet, ils sont probablement installés tout là-haut. »

La route décrivait un virage et nous sommes passés devant un autre petit chalet, « Mosely » peint avec soin sur la boîte aux lettres. L'herbe était tondue et la maison fraîchement repeinte, mais le terrain était exigu, sans autre vue que des arbres qui bouchaient le panorama. Un de mes camarades de classe, Bennie Mosely, habitait là. Son père appartenait au personnel des transports du comté, et Bennie aussi, en été. M. Mosely était également prédicateur laïc. Au collège, Bennie et moi traînions ensemble à la récré. Nuls en sport tous les deux, nous étions toujours de ceux qu'on laissait en plan, et nous restions assis au bout d'un banc à attendre la sonnerie. Nous étions même allés quelquefois dormir l'un chez l'autre.

La route continuait sur quelques centaines de mètres, mais plus aucune maison n'est apparue. Ce terrain avait été récemment déboisé, les souches à l'image des pierres tombales d'un cimetière campagnard. Après un dernier virage, il n'y a plus eu devant nous que des arbres.

« Peut-être qu'elle n'est partie qu'après nous », ai-je suggéré, tandis que Bill faisait demi-tour.

Et puis, au moment où nous repassions devant la maison des Mosely, Bill a ralenti. Un maillot de bain vert pendait à une corde à linge. Il n'y avait personne dehors, et, bien que Bill ait encore ralenti, personne ne s'est approché de la porte ni de la fenêtre.

« Voilà donc la maison de vacances de Ligeia ! s'est exclamé mon frère en reprenant de la vitesse. Tu as pu lire le nom sur la boîte aux lettres ?

– Mosely. Je suis dans la même classe que Bennie Mosely. C'est là qu'il habite.

– Alors Ligeia serait sa sœur ?

– La sœur de Bennie a le même âge que toi. Elle s'appelle Tanya.

– Oui, je me souviens de Tanya. Elle a laissé tomber le lycée pendant notre année de terminale, ce qui m'a étonné, parce qu'elle était bonne élève. Elle a peut-être fait une grosse bêtise. Tu sais ce que ça signifie ?

– Oui, Bill, je sais ce que ça signifie. Ça se dit quand quelqu'un se retrouve enceinte.

– Pas "quelqu'un", frérot. Il s'agit presque toujours d'une femme.

– Très drôle », ai-je marmonné.

Et je me suis détourné pour regarder par la vitre.

« En tout cas, la dernière fois que j'ai vu Tanya, elle bossait chez Hardee. Est-ce que tu sais si elle y travaille encore ?

– Comment veux-tu que je le sache ? ai-je lancé, sans cesser de regarder par la vitre. Moi, je ne suis pas au courant de grand-chose, pas vrai ?

– Bon sang, Eugene, arrête d'être aussi susceptible simplement parce que maman…

– Simplement parce que maman pense quoi ? ai-je voulu savoir quand Bill s'est interrompu.

– Rien, a-t-il dit, d'une voix plus douce. Écoute, je blaguais, c'est tout, d'accord ? Ce week-end, c'est moi qui paie la bière. »

Nous étions sur la quatre-voies avant que l'un de nous deux reprenne la parole.

« Tanya travaille toujours chez Hardee. Elle est gérante, ai-je dit.

– Alors il faut qu'on s'y arrête. Je me demande si Ligeia ne cherche pas tout bonnement à nous faire croire qu'elle vient de Floride.

– Qu'est-ce que tu vas lui raconter, à Tanya ?

– Je vais lui demander des nouvelles de deux ou trois camarades de classe, et puis je tournerai un peu autour du pot avant de remarquer que j'ai aperçu dans son jardin quelqu'un que je n'ai pas reconnu. »

J'ai attendu dans le pick-up pendant que Bill était dans le fast-food. Quand il en est ressorti, sa mine m'a paru figée entre le sourire et la grimace.

« Qu'est-ce qu'elle t'a dit, Tanya ? lui ai-je demandé alors qu'il remontait en voiture.

– Un tas de trucs. Vraiment un tas de trucs. »

À dix-huit heures, je regarde les nouvelles sur la chaîne d'Asheville. Robbie Loudermilk, le shérif du comté, demande à quiconque détiendrait des informations sur Jane Mosely de prendre contact avec ses services. Il a fallu une semaine pour identifier le corps, explique-t-il au journaliste, et si cela a pu se faire, c'est uniquement grâce au dossier dentaire, qui concorde avec un rapport de 1969 sur une personne portée disparue. Il n'y avait ni vêtements ni bijoux parmi les restes, rien que des lambeaux d'une bâche bleue. D'habitude, Loudermilk va son petit bonhomme de chemin, dans le genre shérif de série télévisée sympa et philosophe, mais, comme je le sais fort bien, tout ça peut virer à la colère froide que je lui vois maintenant. Bill et lui ont joué au base-ball ensemble, ils étaient amis avant mon accident. Il ne précise pas s'il y a des pistes, ni quand Ligeia a été vue vivante pour la dernière fois.

Un autre souvenir me revient, pas de la toute dernière fois où j'ai vu Ligeia, mais d'une semaine avant sa disparition, un truc banal et pourtant bien net. Les mystères de la mémoire. Il y a certainement une explication scientifique au fait que le cerveau décide : *Ne lâche pas ce truc-là.* J'ai lu des romans et je suis incapable de dire le nom d'un seul des personnages, et pourtant je me rappelle un vélo rouge entraperçu un jour dans la vitrine d'une quincaillerie, un grain de beauté sur le menton d'une inconnue, une allumette abandonnée à côté de l'âtre d'une cheminée. Ces souvenirs persistent, tout comme celui de Ligeia qui plonge la main dans son casier, et du livre coincé au creux de son bras qui glisse et s'en échappe.

Bien sûr, qui peut oublier son premier amour, son premier rapport sexuel, ou son premier verre ? Surtout si tout arrive en même temps. Je me rappelle aussi comment, après que Ligeia est sortie de nos existences, je me suis tourmenté pendant des mois à l'idée qu'elle puisse réapparaître et raconter à Bill ce que je ne lui avais jamais avoué. Mais au bout d'un moment la nostalgie a pris le pas sur la culpabilité, et notre été à Panther Creek s'est plutôt mué en une tendre histoire de passage à l'âge adulte, un été de l'amour dans son décor bucolique.

Avant aujourd'hui, quand, pour la dernière fois, ai-je pensé à elle ? J'ai besoin de réfléchir une minute, et puis il me revient que c'était il y a un mois, en regardant une séquence télé tournée dans un quartier chic de Miami. À South Beach, une femme à la longue chevelure rousse préparait un cocktail derrière un bar élégant. Plus jeune que ne le serait Ligeia, mais elle m'y a fait penser. Je me suis alors demandé si elle avait fini comme moi, ou si elle menait une vie rangée, peut-être mariée avec des enfants. Quand l'émission s'est poursuivie sur un boulevard noir de monde, j'ai scruté les passants pour l'entrevoir, si improbable que cela eût pu paraître.

Malgré le whiskey, le froid s'étend de ma poitrine jusqu'au bout de mes doigts, parce que je n'aurai plus jamais à l'imaginer ni à la chercher. La réponse à toutes sortes d'hypothèses est arrivée lorsqu'une berge de Panther Creek s'est éboulée après une forte pluie, mettant au grand jour des lambeaux de bâche bleue et des os pris dans la boue.

Je termine un dernier verre et monte à la salle de bains que j'ai autrefois partagée avec Bill. Ma salle de bains, à présent, ma maison, parce que, à la suite de mon divorce et de mon renvoi de la fac, je suis revenu vivre ici auprès de ma mère, à qui l'on avait diagnostiqué une leucémie. « C'est maintenant ta maison, Eugene. J'ai déjà fait mettre l'acte à ton nom, m'a annoncé Bill après les obsèques de notre mère. Tu la mérites, après ces deux années que tu lui as consacrées. »

Mais ce n'était pas vrai. Bill et Leslie en avaient fait tout autant, ils étaient venus la voir tous les week-ends, s'étaient occupés de prendre les rendez-vous et de payer les médecins, les médicaments, et tout ce qui garantissait que les derniers jours de notre mère soient les plus paisibles possible. La tendresse de Bill pour elle, les heures qu'il avait passées à son chevet, les prières qu'il avait récitées avec elle réaffirmaient combien il avait changé grâce à Leslie. C'était un mari et un père exemplaire, et pour Sarah un oncle merveilleux, qui n'oubliait jamais son anniversaire, l'aidait à trouver des petits boulots d'été. Il avait payé ses appareils dentaires, et ensuite ses études supérieures lorsqu'elle avait refusé l'argent que je lui proposais. Comme ma fille me l'a maintes fois répété, Bill était pour elle davantage un père que moi.

Ma mère avait reconnu l'effet très bénéfique qu'avait produit Leslie sur Bill, mais elle pensait aussi que mon frère s'était amélioré parce que leurs fiançailles avaient mis un terme à l'influence qu'exerçait notre grand-père sur lui. Malgré ce qu'avaient fait nos parents, ou peut-être pour cette raison même, selon l'une des conditions expresses imposées par notre grand-père, mon frère et moi ne devions pas nous marier avant d'avoir fini nos études. Et Grand-père a tenu bon. Quand Bill est entré à Bowman Gray, il a lui-même financé sa scolarité grâce à des prêts pour étudiants et à ce que Leslie gagnait comme laborantine. Autant que je sache, Bill et Grand-père ne se sont plus jamais parlé après qu'il a annoncé ses fiançailles au vieil homme, en tête à tête, à son cabinet. Grand-père n'a pas assisté au mariage de Bill, et Bill n'a pas assisté aux obsèques de notre grand-père. « La seule raison que j'aurais eue d'y aller, ç'aurait été pour lui balancer de la terre dessus, à ce salaud », m'a dit mon frère – la remarque la plus amère que j'aie jamais entendue dans sa bouche.

Leur brouille a tourné à mon avantage. À la lecture du testament, ma mère a hérité de la moitié des économies de Grand-père et de la maison qu'elle occupait. Le reste, y compris l'argent de la vente de son cabinet, de son domicile et de sa propriété, m'est revenu. Le seul legs qu'a reçu Bill, c'est la reproduction de Rembrandt qui est accrochée au mur de son cabinet médical. Je lui ai proposé de faire moitié-moitié, mais il a refusé. Depuis, j'ai donc assez d'argent pour acheter tout le vin et le whiskey dont je pourrais jamais avoir envie.

CINQ

« Le mystère de ta sirène est résolu, a déclaré Bill au moment où nous sortions du parking de Hardee. Elle est de Daytona Beach, mais elle passe l'été chez les Mosely. Elle a dix-sept ans, et c'est la nièce de M. Mosely. D'après Tanya, Ligeia a donné beaucoup de soucis à ses parents. L'été dernier, elle s'est enfuie pour aller vivre dans une communauté, et ils ont mis un mois à la retrouver. Tanya dit que les parents cherchent à éloigner sa cousine des "mauvaises influences". On ne l'autorise même pas à descendre en ville, sauf à l'église. »

Et puis le samedi est arrivé et nous avons terminé de cirer et de lustrer le cabinet médical de notre grand-père. Tandis que nous prenions le frais près du climatiseur, Bill, penché en avant, le nez baissé, dodelinait légèrement de la tête tout en réfléchissant. J'ai songé qu'il était très rare de le voir indécis.

« On ne devrait peut-être pas y aller, demain, a-t-il soufflé, davantage pour lui-même que pour moi.

– Je ne crois pas qu'elle soit bien méchante.

– Je n'ai pas dit ça, Eugene, mais ce qu'a raconté Tanya...

– Tu crois qu'on devrait avoir peur de la voir ?

– Ce n'est pas ce que je dis.

– Elle ne me fait pas peur. À propos, j'ai jeté un coup d'œil dans l'armoire, mercredi, quand tu étais avec Grand-père. Il y a des tas d'échantillons de Valium et de Méthaqualone.

– Tu n'aurais pas dû », a lâché Bill, laconique.

« Mais toi, tu peux », ai-je failli répondre. Bill s'est penché de nouveau en avant, puis il a hoché la tête tout en prenant une profonde inspiration.

« OK », a-t-il dit, avant de me laisser dans la pièce de devant pour surveiller Nebo.

Quand il est revenu, sa paume ouverte laissait voir une plaquette contenant deux comprimés blancs.

« Ordonnance exécutée, a-t-il lancé. Mais on ne va pas jouer les imbéciles, frérot. Cette ordonnance-là n'est pas renouvelable. »

Le lendemain, nous avons embarqué notre matériel de pêche, mais nous ne sommes pas allés directement à la rivière. Bill s'est arrêté à la supérette, en dehors de la ville, et il en est ressorti les bras chargés d'un sac en papier kraft contenant un pack de six Michelob et une bouteille de Strawberry Hill.

« Débrouille-toi pour que ces bières ne soient pas trop secouées, m'a-t-il recommandé en me tendant le paquet. Évidemment, avec tout l'*Aqua Velva* dont tu t'es aspergé la figure – mon *Aqua Velva*, devrais-je préciser – tu pourrais probablement prendre une cuite rien qu'en te léchant le pourtour des lèvres. En tout cas, c'est de l'after-shave, pas de l'eau de Cologne, Eugene. Si tu veux sentir bon pour une fille, prends *British Sterling* ou *Jade East*. »

Une voiture s'est arrêtée à côté de nous, et Bill m'a fait signe de poser le sac sur le plancher. Renee Brock, dont le père était propriétaire de la bijouterie, en est sortie et elle est entrée dans le magasin.

« Filons d'ici », a dit Bill en faisant marche arrière.

Nous nous sommes engagés sur la quatre-voies en direction de Panther Creek.

Il pourrait se passer quelque chose aujourd'hui que je n'oublierai jamais, ai-je pensé. *Ou pas.* Ce que j'envisageais aussi, car je pouvais tout simplement remonter le long de la berge pour pêcher, en laissant Bill au bassin.

Mon cœur s'est mis à battre à grands coups au moment où nous prenions la route de gravier, puis le sentier forestier. Une fois garés, nous sommes passés à travers les rhododendrons pour rejoindre la rivière.

« On dirait qu'on est les premiers, a remarqué Bill tout en sortant le vin et le pack de bières du sac en papier. Plonge-les dans l'eau, mais pas là où le courant les emportera. »

J'ai déposé les cannettes et la bouteille dans la rivière. Une truite a sauté au milieu du bassin, et un rond s'est élargi, m'offrant un cœur de cible pour un lancer. Lorsque je me suis retourné pour saisir une canne et un moulinet, Bill paraissait hésitant.

« Qu'est-ce qui ne va pas ?

– Rien. Comme on dit : "Si c'est bon, vas-y, fonce !" hein ? Et Leslie, qui est tout là-bas en Virginie. Je sais que ça fait un bail qu'on sort ensemble, mais on n'est quand même pas fiancés. » Il s'est tu un instant. « De toute façon, Ligeia ne se pointera probablement pas. Et même dans le cas contraire, elle pourrait bien décider que tu es davantage son genre. Les sentiments, exprimer sa personnalité, c'est leur idée fixe aux hippies, pas vrai ? D'après maman, c'est tout toi, et pas moi, non ? »

Comme je ne répondais pas, Bill a sorti de sa poche une mince pochette en papier d'argent et me l'a tendue.

« Tiens, a-t-il dit. Tu sais ce que c'est ?

– Évidemment.

– Et tu sais comment ça se met ?

– Bien sûr, ai-je affirmé, quoique pas très sûr.

– Arrange-toi pour *vraiment* le mettre, frérot. Même si les nanas hippies croient à l'amour libre, ce n'est pas pour autant qu'elles ne tombent pas enceintes. D'ailleurs, elles peuvent aussi attraper d'autres trucs.

– Je sais. Je ne suis plus un môme, au cas où tu ne l'aurais pas remarqué, lui ai-je répondu en prenant le préservatif. Mais toi, alors ? »

Bill a tapoté la poche avant de son jean. J'ai fourré moi aussi le mien dans ma poche tandis qu'il s'avançait vers la rivière, détachait deux bières des bagues plastique qui les réunissaient et m'en lançait une.

« Puisque, comme tu le dis, tu n'es plus un môme. »

Je gardais la cannette à la main, sans pour autant faire mine de tirer sur l'anneau métallique.

« Non, ça va, ai-je répondu en la lui tendant.

– Je croyais que tu mentais quand tu prétendais ne jamais avoir bu. Enfin merde, même pas une seule fois ?

– Non.

– Allez, vas-y, tire sur l'anneau. Ce n'est pas une grenade. »

Ce ton de voix, mi-pédagogue, mi-exaspéré, je l'avais entendu trop souvent. « Quand on te lance une courbe, ne reste pas là comme un abruti ! » m'avait-il crié, en colère, le jour où j'avais voulu intégrer l'équipe du championnat de base-ball junior. Mais j'étais en permanence resté là comme un abruti. « C'est pas grave, m'avait-il assuré lorsque je n'avais pas été sélectionné. C'est pas ton truc, voilà tout. » Il avait accompagné ses paroles d'une tape dans le dos, peut-être même pleine de bonnes intentions, mais alors, comme ce jour-là, tout m'était resté en travers. Par une journée d'été tellement chaude, la fraîcheur humide de la cannette était agréable contre ma paume et mes doigts. Son contenu glacé serait certainement encore meilleur lorsqu'il coulerait dans ma gorge.

J'ai tiré sur l'anneau ; un doux bruit de succion au moment où s'ouvrait la boîte. De la mousse est montée et a recouvert le dessus. Je l'ai essuyée, j'ai porté la cannette à ma bouche, et j'ai avalé. Ce n'était pas bon, mais j'ai compris aussitôt que je pourrais m'habituer à cette amertume. Que *j'allais* m'y habituer. J'ai regardé entre les arbres en direction du chemin, et j'ai été saisi d'un accès de panique. J'étais là, un mineur en train de picoler au vu et au su de tout le monde, un dimanche, par-dessus le marché, et j'avais un préservatif dans ma poche.

J'ai bu en vitesse, en espérant effacer cette sensation d'être observé par le ciel et par un grand-père qui semblait tout aussi omniprésent que Dieu. J'ai lancé ma cannette vide sur la berge, roté bruyamment, et puis je suis allé en sortir une autre de la rivière. Au moment où je l'ouvrais et où j'en avalais une longue rasade, je n'ai pas ressenti ce que je lirais plus tard dans *La Chatte sur un toit brûlant*, le « petit clic » dont parlait Brick. Non, ce que j'ai ressenti, ce dimanche après-midi, c'était l'impression de planer, puis un atterrissage doux et sans heurt dans un monde qui m'accueillait avec un grand sourire chaleureux.

« Mais enfin merde, frérot, s'est écrié Bill, qui tenait toujours en main sa première bière, ce n'est pas un concours !

– Je ne crois pas qu'elle va venir, ai-je remarqué quelques minutes plus tard.

– On ne dirait pas, non. »

Mais quand nous avons regardé plus bas Ligeia descendait de la berge d'en face. Elle s'est arrêtée un instant sur le rocher plat, a retiré ses tongs et un T-shirt sur le devant duquel s'étalait l'inscription « JEFFERSON AIRPLANE ». Elle a traversé la rivière à la nage, puis marché vers nous, ruisselante. Grâce à l'alcool, j'ai osé la regarder carrément. Elle m'a paru plus jolie qu'avant, et tout chez elle était plus coloré – les teintes bigarrées de son collier hippie, le maillot de bain vert, les ongles limés en V étroits. Et, surtout, les profondeurs de ses yeux bleu-vert. J'ai avalé encore une gorgée de ma troisième bière, tandis que Bill en était toujours à la deuxième.

« Alors, elle est où, la fête ? a voulu savoir Ligeia.

– Ici même, a répondu Bill, qui lui a tendu le Valium.

– Deux, c'est tout ?

– Il y a ça aussi », a dit mon frère en sortant la bouteille de vin de l'eau. Il a dévissé le bouchon. « Du Strawberry Hill, ce que tu avais commandé.

– Tu as un verre ou un gobelet ?

– On a oublié d'apporter les verres à pied, a plaisanté Bill. Mais si l'on en croit ta cousine Tanya, ça ne devrait pas te gêner plus que nous. »

Le regard de Ligeia s'est durci.

« Alors le bruit court que le prédicateur Mosely tente de sauver sa nièce rebelle. Qu'est-ce qu'elle a raconté sur moi, Tanya ?

– Pas grand-chose, a reconnu Bill. Que tu habites à Daytona Beach, mais que tes parents ont pensé qu'on devait t'éloigner de certaines mauvaises influences de là-bas. Et que tu as dix-sept ans ; ça aussi, elle me l'a dit. »

Pendant quelques instants, Ligeia est restée silencieuse. Puis le côté droit de sa joue s'est contracté en un sourire ironique.

« On dirait que, pour ce qui est des mauvaises influences, c'est raté, a-t-elle remarqué en prenant la bouteille. Tu n'as pas au moins un gobelet en carton ?

– J'en ai un qui a déjà servi. Je peux te le laver dans la rivière.

– D'accord. »

Bill a alors disparu parmi les rhododendrons.

« Tu entres en quoi, cette année ? En première ? » m'a demandé Ligeia.

J'ai hoché la tête.

« Tu connais Bennie ?

– Oui, ai-je répondu, en parlant lentement pour ne pas bafouiller. On est dans la même glace.

– "Même *glace*", comme dans "brise-glace" », a dit Ligeia. Elle a souri. « Il semblerait que tu aies une longueur d'avance sur moi.

– Je crois bien, ai-je reconnu en souriant à mon tour. Et toi, tu seras en terminale ?

– Pas pour longtemps. Dès que j'ai dix-huit ans, je me barre de Daytona et je file à Miami.

– Tanya a raconté que tu étais dans une communauté hippie. C'est vrai ?

– Pendant un mois, et puis les flics ont débarqué et m'ont ramenée à Daytona.

– Elle est près de Miami, la communauté ?

– À une trentaine de kilomètres.

– Mais tu vas rester ici jusqu'à tes dix-huit ans ?

– Alors là, j'espère bien que non ! Tu les connais, mon oncle et ma tante ?

– Oui. Je suis quelques fois resté dormir chez Bennie.

– Donc tu sais qu'ils deviendraient mabouls s'ils savaient ce que je suis en train de faire. Pour eux, tout, que ce soit fumer des cigarettes ou même dire "merde", est un péché. Et le seul truc qu'ils écoutent à la radio, c'est de la musique religieuse. Ils vont jusqu'à se fiche en rogne si je ne mets pas de soutien-gorge.

– Ils sont rigides, sans doute, mais je les ai toujours trouvés gentils.

– Oui, je suppose qu'ils sont assez gentils, et Bennie aussi. Sacrément plus gentils que ma mère et mon vieux, mais enfin merde, ils passent pratiquement toute leur vie à prier ou à lire la Bible. C'est "Jésus" par-ci "Jésus" par-là, du matin au soir. Je n'ai jamais vu ça nulle part. Même les fanas de Jésus ont besoin de décompresser, de temps en temps. Et leur idée de la fête, c'est de se payer une glace au Dairy Queen. Là et à l'église, ils ne m'ont pas emmenée ailleurs depuis que j'ai débarqué là-haut. Je viens ici rien que pour échapper un peu à tout ça. »

Bill était revenu. Il est allé rincer le gobelet à la rivière, l'a rempli de vin et le lui a tendu.

« Et vous, les gars, c'est pas votre truc, ça ? » a demandé Ligeia en montrant les comprimés avant de les avaler.

Bill a secoué la tête.

« Et l'herbe, alors ?

– Ce qu'on aime, nous, c'est s'éclater tout connement à la bière, a-t-il reconnu. Pas vrai, Eugene ?

– Super connement », ai-je souligné en souriant.

J'ai fini ma cannette d'un trait et je me suis penché pour la poser par terre. Et puis j'ai perdu l'équilibre et je suis tombé. Bill m'a aidé à me relever.

« Je crois que tu as assez bu, frérot », a-t-il remarqué. Il s'est tourné vers Ligeia. « C'est sa première fois.

– Non, sans blague !

– Elle était pour de vrai dans une communauté », ai-je alors dit à Bill.

Comme il ne répondait rien, j'ai demandé à Ligeia comment c'était.

« Plein de drogues et de musique, et personne pour te commander – c'était ce qu'il y avait de mieux. Si c'est bon, vas-y, fonce. Et on partageait tout. Tout, je vous jure. Il y avait une ferme abandonnée où on pieutait tous, et comme l'océan n'était même pas à un kilomètre on pouvait y aller n'importe quand. Un des mecs, qui avait habité San Francisco, avait accroché une sono géniale dans les arbres. C'était vraiment super, parce qu'on aurait dit que c'étaient les arbres qui faisaient de la musique, toute la journée et toute la nuit. Quicksilver, le Dead, Jefferson Airplane. »

J'ai désigné d'un signe de tête le T-shirt sur le rocher plat.

« C'est un groupe ?

– Tu n'en as jamais entendu parler ? »

J'ai secoué la tête.

« Et le Grateful Dead, Quicksilver, ou Moby Grape ?

– Non plus.

– Ça alors ! s'est exclamée Ligeia. Ici, on se croirait de retour dans le passé. Tout ce que j'ai entendu à la radio, c'est de la musique country et des prédicateurs.

– Il y a deux ou trois stations Top 40 qui passent des nouveautés.

– Oui, mais pas ces groupes-là. Peut-être que, tard le soir, il y aura un truc branché. Naturellement, ce n'est pas ce que vont écouter oncle Hiram et tante Cazzie. »

Le bout d'une canne a frémi et j'ai ramené une truite arc-en-ciel d'une bonne trentaine de centimètres. Après deux ou trois tentatives maladroites, je l'ai plaquée sur le sable, le poisson palpitant contre ma paume. J'ai dégagé l'hameçon, enfilé la truite par les ouïes sur l'anneau métallique, et je l'ai plongée dans les hauts-fonds.

« Est-ce que vous en mangez ? a voulu savoir Ligeia, après une gorgée de vin.

– Notre grand-père, oui, lui a répondu Bill. Notre mère les lui cuisine.

– Le grand-père qui est médecin ?

– Oui. »

J'ai réamorcé l'hameçon et lancé la ligne, mais j'ai raté l'eau et elle s'est prise dans une branche de rhododendron, sur la rive d'en face.

« Zut ! » me suis-je écrié avant d'éclater de rire.

J'ai secoué la ligne pour la libérer et lancé de nouveau, en ratant mon but mais pas au point de ne pas toucher l'eau. J'ai surveillé les cannes pendant quelques minutes, tandis que Ligeia et Bill restaient debout derrière moi. Ligeia a alors laissé échapper un « Mmm » feutré.

« La vache, comme ça m'a manqué de ne pas m'éclater ! Oncle Hiram m'a raconté qu'il n'avait picolé qu'une seule fois dans sa vie. Il m'a dit que ça lui avait tellement plu, d'être bourré, qu'il n'avait jamais plus recommencé. Je croyais pourtant que c'était ça, l'idée, se sentir bien.

– Ah ouais, se sentir bien, ai-je répété.

– Et toi, comment tu te sens ? a demandé Ligeia à mon frère.

– Très bien, a répondu Bill, qui avait posé sa cannette à côté de la boîte à pêche.

– Moi aussi, a-t-elle assuré, d'une voix aussi rêveuse que ses yeux. Quoique, comme je suis une sirène, je me sentirais encore vachement mieux dans l'eau. Et toi ? Ça te dit de te mouiller avec moi, Bill ? »

Pendant un instant, mon frère n'a pas soufflé mot.

« Ouais, mais ça risque de faire fuir les poissons. »

Ligeia a souri.

« Mais non, voyons, pas ici, plus bas, a-t-elle précisé en prenant la bouteille de vin.

– Ouais, a dit Bill, un peu rougissant, ça vaut mieux, j'imagine. Si on nage là-bas, on ne leur fichera pas la frousse.

– C'est ça, a-t-elle acquiescé. On ne veut pas fiche la frousse aux poissons. »

Quand ils sont arrivés à l'autre bassin, en aval, Ligeia s'est resservie de vin et, son gobelet à la main, elle est entrée dans l'eau. J'ai changé l'appât de la seconde canne et effectué un autre lancer bâclé. Bientôt, le bout de la canne a plongé. J'ai ramené une belle arc-en-ciel que j'ai brandie pour la montrer à Bill. Mais il ne regardait pas de mon côté. Ligeia et lui s'étaient rapprochés, ils étaient presque à portée de main l'un de l'autre, maintenant. J'ai enfilé la truite sur l'anneau, que j'ai laissé une fois de plus s'enfoncer dans la rivière. Quand, de nouveau, j'ai regardé plus bas, le gobelet en plastique dérivait dans le canal de fuite. Bill et Ligeia étaient dans l'eau jusqu'à la taille, face à face, Ligeia s'est passé la main dans le dos, et le haut du bikini vert est tombé, dénoué.

SIX

« Ce genre d'affaires peut s'avérer difficile à résoudre, mais nous avons reçu de nouvelles données médico-légales, et les gens d'ici nous ont fourni quelques renseignements. Nous avons également examiné l'original du rapport de 1969 concernant la personne disparue. Malheureusement, l'oncle et la tante qui avaient signalé la disparition sont décédés, tout comme les parents de la victime. La proximité du lieu où elle a été enterrée et de l'autoroute est prise en compte. Nous connaissons l'existence d'au moins un tueur en série dans la région, à l'époque. Naturellement, nous demandons à quiconque détiendrait des informations de se mettre en relation avec les services du shérif. »

Ce sont les propos de Robbie Loudermilk dans le journal du lendemain. L'affaire a été reléguée en page deux, mais vers la fin de l'article le journaliste demande à Loudermilk s'il connaît d'autres cas, dans le comté de Jackson, où l'on aurait retrouvé des restes humains. « Un, très probablement un suicide », répond le shérif. Le corps a été identifié en 1962. Puis il mentionne une affaire datant de 1921, dont j'avais déjà connaissance. « Pas un squelette entier, mais un fémur trouvé par un chien au bord de la Tuckaseegee », rapporte-t-il. Un nuage qui cache le soleil par un temps parfaitement clair – quelque chose qui ressemble à ce même froid obscur passe sur moi lorsque je mets en rapport ce qui a été découvert en 1921 avec Ligeia.

Je ne peux tout simplement plus rester assis là à attendre, alors je monte dans ma voiture, sors de Sylva, et pars vers le nord sur la I-40 jusqu'à la seconde sortie, pour Asheville. Le centre médical se dresse devant mes yeux. Je ne suis pas venu ici depuis quinze ans – et encore, pas au cabinet de Bill mais dans la salle de réveil de l'hôpital où se trouvait ma fille.

Trois événements, chacun à dix ans d'intervalle, s'entremêlent. Coïncidence, ou davantage – le sang relié par le sang.

Je suis en avance et m'attends donc à feuilleter des magazines jusqu'à l'arrivée de mon frère, mais la réceptionniste me conduit directement dans son cabinet.

« Le docteur Matney a prévenu qu'il serait là dans l'heure. »

Je m'assois dans le fauteuil en cuir, face au bureau. Malgré les détails personnels, le cabinet a un petit côté aseptisé, comme si quelques minutes plus tôt chaque objet avait été emporté, stérilisé, puis replacé exactement au même endroit. Un ordinateur portable sur l'énorme table de travail en chêne, des photos de Leslie et de mes neveux, Lee et Jesse, et une de Sarah à la cérémonie de remise des diplômes de son université. À côté du bureau, le diplôme d'honneur de l'AOA* et celui de Bowman Gray de Bill sont accrochés au mur. En dessous, il y a deux photos de lui. Sur une, on le voit dans sa tenue de base-ball du lycée. Sur l'autre, il pose devant une tente, à Haïti, en compagnie de deux travailleurs humanitaires de la Croix-Rouge. Il porte une blouse bleue pleine de taches et il est visiblement épuisé, mais souriant, comme ses compagnons.

Derrière moi, pourtant, et bien moins joyeuse, se trouve la reproduction de *La Leçon d'anatomie du docteur Tulp* par Rembrandt, qui ornait autrefois la salle d'examen de notre

* Alpha Omega Alpha Medical Honor Society. Seuls quelques-uns des plus brillants étudiants d'une promotion seront élus en fin d'études dans cette société, fondée en 1902 pour défendre les plus hautes valeurs de la médecine.

grand-père. Étant donné l'antipathie qu'ils avaient l'un pour l'autre, j'ai été étonné quand Bill a accepté cet héritage. Elle est placée là où la plupart des malades ne la remarqueront pas, ce qui paraît judicieux : voir un homme armé d'un bistouri procéder à une autopsie serait perturbant pour quelqu'un en passe d'être opéré. Le lourd cadre en acajou rend la scène plus sombre encore, plus inquiétante. « Ce tableau est là afin de me rappeler pourquoi je ne dois jamais être content de moi », m'a répondu Bill quand je lui ai demandé pour quelle raison il figurait dans son cabinet.

Sur l'étagère, de gros volumes professionnels. Pas de romans ni de biographies, mais dans la rangée, à côté des *Principes de chirurgie spinale* de Menezes et Sonntag et de *La Neurochirurgie opératoire* de Black, se trouve un exemplaire de ma thèse sur Thomas Wolfe, que j'ai offert à Bill il y a trente-six ans. « C'est un superbe travail d'érudition, Eugene, m'a-t-il déclaré après l'avoir lue. Tu perçois tant de détails, des choses que je n'aurais pas remarquées. » J'ai eu alors l'impression déconcertante que mon frère était réellement fier de moi, et même un peu envieux. Ma thèse paraît mince et sans substance au milieu des ouvrages médicaux, mais elle est toujours là, tout comme, je la remarque à présent sur l'étagère, la bible de notre mère.

Ma thèse, la bible maternelle, le tableau – tout cela témoigne d'une humilité qui ressemble si peu au frère avec lequel j'ai grandi, tellement sûr de ce qui convenait le mieux pour nous deux. C'était facile pour lui de se sentir au-dessus de la mêlée. En classe, l'élève le plus intelligent, sur le terrain, le meilleur sportif, beau et populaire, et, pendant tout ce temps, Grand-père qui lui promettait et promettait à tous les habitants de Sylva qu'il deviendrait un grand chirurgien. Qui aurait osé contester le décret de notre grand-père ? Comment Bill aurait-il pu se voir autrement qu'en jeune prodige ?

Quand il a épousé Leslie, j'ai douté que cette nouvelle version de mon frère puisse durer. Tant de personnes, apparemment transformées par un conjoint, retournent à leurs vieilles habitudes. Votre moitié vous croit meilleur que vous ne l'êtes, et pendant un moment, à vrai dire, vous partagez cette opinion. Mais un beau jour vous cessez d'y croire, et bientôt votre épouse aussi, c'est alors que vous lui rappellerez où elle vous a rencontré, et le verre de whiskey qui était posé entre vous sur le comptoir, et elle dira: «Oui, je t'ai rencontré dans un bar. J'ignorais simplement que ta vie se déroulerait comme si tu n'en étais jamais sorti.»

Mais, selon toute apparence, Bill est demeuré transformé. Un homme bon, compatissant, généreux, prêtant la main à toutes sortes de bonnes causes. J'ai vu des articles qui en faisaient état dans le journal d'Asheville, j'ai vu mon frère interviewé à la télé locale à propos d'une institution caritative ou d'une bonne cause. Bill a été déçu lorsque j'ai laissé tomber mon doctorat pour enseigner dans un établissement de premier cycle universitaire, déçu une fois encore quand j'ai cessé d'écrire. Mais il a continué à m'encourager, à me pousser à me servir de mon «don».

Lorsque ma consommation d'alcool est devenue incontrôlable, il est passé me voir, en brandissant ma thèse à bout de bras. «Tu possèdes une rare faculté pour écrire et comprendre la littérature, Eugene, m'a-t-il lancé. Si tu reprends le dessus, tu peux changer les choses. Tu peux enseigner dans une bonne université; tu peux écrire des livres.» J'ai répondu par une diatribe d'ivrogne. Il a fini par partir, mais pas avant d'avoir montré d'un signe de tête la porte fermée de la chambre où Kay avait emmené Sarah. «La vie est un cadeau, Eugene, a-t-il dit. Ne le gaspille pas.»

Après l'accident, il a engagé pour me défendre le meilleur avocat de l'ouest de la Caroline du Nord, mais la colère concentrée autrefois sur Grand-père m'était désormais réservée: «Tu n'as pas idée de ce qui t'a été donné et que tu laisses filer, mais putain, je ne te laisserai pas gâcher la vie de quelqu'un d'autre!» Deux jours plus tard, Kay et Sarah partaient habiter dans la famille de Bill. Elles y sont restées jusqu'à ce qu'il leur trouve un appartement à Asheville.

« Ton frère est vraiment un type bien. » Combien de fois, au fil des ans, n'ai-je pas entendu dire ça, teinté d'une condamnation de ma personne, parfois subtile, ou parfois plus directe ? Toujours le meilleur frère. Mais, à présent, tout semble sens dessus dessous.

J'attends un homme qui m'a menti pendant quarante-six ans. Quelque chose d'horrible est arrivé à Ligeia à Panther Creek, et c'est mon frère qui a commis l'acte, pourtant, comment croire Bill capable d'une chose pareille envers qui que ce soit ? *Meurtre.* Une ambulance hurle au loin, mais elle se rapproche, comme si elle apportait ce mot vers moi, toujours plus fort, toujours plus strident. L'ambulance entre dans l'enceinte de l'hôpital et un éclat rouge inonde la fenêtre. La sirène se tait et le souvenir d'un match de base-ball, au lycée, emplit le silence. Bill avait envoyé une balle longue dans le champ droit et décidé de transformer un triple en *home run*. Le receveur l'a attrapée au marbre, trop tard pour un toucher, mais au moment où mon frère arrivait en dérapage le type lui a planté ses crampons dans le genou, un sale coup qui aurait pu mettre fin à sa carrière au base-ball. Bill s'est relevé et a ramassé la batte, qu'il a empoignée comme une matraque. Le receveur a reculé et continué à battre en retraite tandis que mon frère le poursuivait en boitant, jusqu'à ce que des coéquipiers le poussent sur le banc des joueurs. Bill aurait-il fait retomber cette batte ? Et si oui, sur un genou, sur les côtes, ou sur la tête du gars ? Tout ce que je sais, c'est que sa fureur rendait tout imaginable.

J'entends mon frère qui s'adresse à sa réceptionniste. Peu après, il entre, referme la porte et s'assoit à son bureau. Son crâne se dégarnit et quelques pattes-d'oie récentes lui plissent le tour des yeux, mais grâce au régime auquel il s'astreint, exercice physique, alimentation saine, alcool mais avec modération, il paraît dix ans de moins. Il me regarde comme il pourrait regarder un patient sur le point d'entendre un mauvais diagnostic.

« Crois-moi, Eugene. Ça vaut mieux pour toi que tu ne saches rien, ça vaut mieux de bien des façons, dit-il d'une voix douce.

– Et pourquoi donc ?

– Tu n'étais pas mêlé à cette histoire, à l'époque, et tu ne l'es pas aujourd'hui.

– Je l'étais, et je le suis.

– Permets-moi…

– Enfin merde ! Raconte-moi ce qui s'est passé !

– Écoute-moi, dit Bill, moins gentiment. Réfléchis aux décisions que tu as prises dans ta vie et à leurs résultats. Laisse-moi prendre celle-ci pour toi. Fais-moi suffisamment confiance pour ça.

– "Confiance" ? Tu m'as dit que tu l'avais emmenée à la gare routière. Tu m'as dit que tu l'avais *vue partir*.

– J'ai menti pour ton bien.

– Raconte-moi ce qui s'est passé. Je ne bougerai pas de là tant que tu ne l'auras pas fait. »

Bill porte une main à son front, l'y laisse un bref instant comme pour confirmer une poussée de fièvre, puis la repose sur l'accoudoir.

« Bon. Quand je suis allé la retrouver, ce matin-là, je ne l'ai pas vue, pas tout de suite. Du coup, je me suis mis à chercher et j'ai aperçu une valise rouge dans la rivière. Ligeia gisait plus bas, sur un banc de sable. Je n'ai pas senti son pouls, mais j'ai pratiqué la réanimation. Longtemps. Elle avait du sang et une bosse à l'arrière du crâne. Elle avait dû glisser et se cogner la tête sur un rocher. Porter cette valise l'avait peut-être déséquilibrée, mais peut-être aussi le fait qu'elle était complètement défoncée, ce qui avait pu la faire déraper.

– Elle avait perdu connaissance et elle s'était noyée ?

– Oui. »

J'essaie de retrouver assez de lucidité pour comprendre ce que j'entends, mais c'est comme glisser la main dans des toiles d'araignées. Cela paraît inconcevable. Mais qu'y aurait-il de plus concevable ? Que Bill l'ait tuée ?

« Pourquoi ne l'as-tu pas emmenée à l'hôpital, ou n'es-tu pas allé chez quelqu'un pour appeler les secours ?

– Ça n'aurait servi à rien.

– "Ça n'aurait servi à rien" ?

– Que je pratique la réanimation, c'était sa seule chance. Peut-être que si j'avais vu la valise plus tôt, ou si j'étais arrivé de bonne heure…

– Je ne parle pas de ça. Tu m'as très bien compris.

– J'ai paniqué, Eugene. Si j'avais appelé, même d'une cabine, ils auraient fini par piger qui avait téléphoné. Tu ne t'en souviens probablement pas, mais il avait plu la veille au soir. Ils auraient trouvé des traces de pneus et de pas.

– Mais puisque c'était un simple accident…

– Oui, mais j'étais là-bas, et elle avait emporté une valise.

– Et alors ?

– Enfin, merde ! s'exclame Bill, de l'agacement dans la voix, à présent. Elle avait une valise ! De toute évidence, quelqu'un devait la retrouver, et c'est moi qui me suis pointé. On aurait posé des questions, et à cause de tous les ennuis dans lesquels elle s'était fourrée en Floride, des questions sur la drogue, des questions sur un tas de trucs. » Il marque un temps de silence. « Il y aurait eu une autopsie, et ça avait beau être un accident, il aurait malgré tout paru suspect…

– Alors tu l'as enterrée ?

– Oui. »

C'est à ce moment-là que je comprends.

« Tu avais peur que ça t'empêche de faire médecine ? »

Bill reste silencieux.

« C'est ça, hein ? dis-je, avec une suffisance depuis longtemps absente dans ma voix. La fac, c'était ce qui comptait le plus. Peu importait que la famille de Ligeia sache ce qui s'était passé, peu importait qu'elle soit enterrée là comme un vieux clébard ?

– Juge-moi si tu veux, dit Bill, mais si tu t'étais trouvé dans la même situation…

– J'ai fichu ma vie en l'air, je l'admets. J'ai fait des trucs moches, mais jamais rien qui se rapproche de cette horreur.

– Ah bon ? demande mon frère en me lançant un regard qui en dit long.

– Si tu veux parler de l'accident de la route, c'est bien ce que c'était : un *accident*.

– Mais là aussi, c'était un accident. D'ailleurs, quand tu l'as eu, ton accident, tu n'as pas réagi autrement. Tu aurais pu refuser l'avocat que j'avais engagé pour toi et aller en prison.

– Tu l'as recouverte de terre et tu l'as laissée là. Si quelqu'un n'était pas passé dans le coin après une forte pluie, peut-être que personne n'en aurait jamais rien su. » Je croise le regard de mon frère. Ses yeux sont gris mais teintés d'une nuance de jaune, tirant sur le brun orangé. Les yeux de notre mère étaient de la même couleur, un autre petit détail qui échappait au contrôle de notre grand-père. « Personne n'en savait rien – enfin, à part toi.

– Et si je n'avais pas fait ce que j'ai fait, je ne serais pas là pour aider mes semblables, réplique Bill, qui désigne la porte d'un geste, et Ligeia serait tout aussi morte, que ce soit dans les bois ou dans un cimetière.

– Donc tout est bien qui finit bien ?

– Ce n'est pas ce que je dis. Tout ce que je dis, c'est qu'il est arrivé quelques… non, beaucoup de bonnes choses parce que je l'ai laissée là-bas. »

Le téléphone fixe de Bill clignote, mais il jette un coup d'œil au numéro et ne décroche pas.

« Tu aurais dû me raconter la vérité quand tu es rentré à la maison, ce soir-là. Je t'ai demandé si tout allait bien, tu m'as répondu que oui.

– Tu n'aurais rien pu y changer, ce qui était fait était fait. J'ai pris une décision, et c'était pour le mieux, à l'époque, et encore maintenant.

– Pour le mieux pour toi, Bill, pas pour moi.

– En quoi ta vie en aurait-elle été meilleure ? Pendant quarante-six ans, tu aurais su qu'elle était là-bas, morte.

– Ligeia n'aurait pas été là-bas pendant quarante-six ans. Elle n'y aurait même pas été une journée.

– Tu n'en sais rien, Eugene. Si tu avais été là-bas…

– Toutes ces années, et tu n'en as jamais parlé à personne ? »

Bill secoue la tête.

« Même pas à Leslie ?

– Qu'est-ce qui t'échappe dans cette histoire ? lance mon frère, qui écarte les paumes, exaspéré. Qu'y aurait-il pu y avoir de bon là-dedans pour Leslie ?

– Alors c'est simplement un truc qu'on sait et puis qu'on oublie ? Tu ne restes jamais sans dormir, la nuit, à penser qu'elle gît là-bas ? Tu n'as jamais voulu le dire à personne, soulager ton cœur ?

– Ça ne te regarde pas, répond-il avec brusquerie.

– Mais ce n'est plus ton secret. Et comme elle a été enterrée, on va penser qu'elle a été assassinée. Ligeia connaissait des gens, elle leur avait peut-être parlé de nous.

– Aucun de ses amis n'a dit quoi que ce soit sur nous quand elle a disparu.

– Tout le monde croyait qu'elle avait fugué à Miami. Maintenant, ils savent que non.

– Personne ne nous a jamais vus là-bas avec elle, pas une seule fois. »

Je me suis petit à petit enfoncé dans le tissu moelleux du fauteuil. Je prends appui sur les accoudoirs, pour me ramener plus près du bord. *Vas-y, crache le morceau*, me dis-je, et c'est ce que je fais.

« Et s'ils découvrent que dans cette tombe elle n'était pas seule, Bill ?

– Ce n'est pas possible, répond-il en quittant de nouveau son fauteuil. Bien, maintenant tu sais ce qui est arrivé. Tais-toi, et dans quelques jours il n'y aura plus rien dans les journaux.

– Alors je continue à vivre ma vie, comme si de rien n'était.

– Ça ne devrait pas être bien difficile, Eugene, vu qu'à peu de chose près ta vie se limite à déboucher une bouteille. »

Comme je ne rétorque pas, Bill prend un stylo plume et donne deux petits coups sur le bureau, avec l'air de vouloir tester la solidité du bois.

« Certaines personnes meurent plus tôt que d'autres, Eugene, notamment notre père. Tu sais ce que m'a dit Grand-père quand j'ai demandé à entrer en année de prépa de médecine à Wake Forest ? Il a dit : "Bill, mon garçon, une fois que tu auras ton diplôme tu sauras que si c'était toi qui avais été à l'hôpital, ce jour-là, plutôt qu'un boucher, tu aurais pu sauver ton père." Quelle connerie de la part de ce vieux salaud de dire un truc pareil ! Mais ça me hante. J'ai même rêvé que j'avais opéré papa et que je l'avais sauvé. »

Bill se tait, mais je ne trouve rien à lui répondre.

« Tu ne te souviens pas de lui – je veux dire, de notre père ? reprend-il.

– Pas très bien.

– C'était un chouette papa. Je me rappelle un petit truc qu'il faisait avec moi tous les matins : j'aimais bien l'odeur de son after-shave, alors, quand il avait fini de s'en mettre, il en faisait gicler un peu sur mes joues. C'était un petit rien, mais qu'il n'oubliait jamais, même s'il était en retard.

– Et tu me racontes tout ça maintenant… Pourquoi ?

– Je pense à ce que m'a dit Grand-père, que si c'était moi qui l'avais opéré j'aurais pu sauver notre père.

– Mais, bordel, qu'est-ce que tu cherches à dire ?

– J'essaie simplement de replacer ce qui est arrivé dans son contexte.

– "Contexte"… C'est un joli terme abstrait.

– Tu as toujours été plus doué que moi avec les mots. Emploie ceux que tu veux, mais voilà : tout ce que tu pourras dire ou faire n'aidera pas Ligeia. N'aidera pas sa famille. Ses parents et sa jeune sœur sont morts tous les trois, son oncle et sa tante sont morts. Mais pense à qui d'autre tu porteras préjudice, même si tu n'en as rien à foutre de moi. À Leslie, à tes neveux. Et à Sarah, aussi. J'ajouterai que, malgré le peu de temps que ça a duré, j'ai le sentiment d'avoir *eu* un père, je l'ai connu, mais toi tu n'as jamais eu cette chance, donc, oui, parfois je me suis efforcé d'être davantage qu'un grand frère. J'ai agi en fonction de ce que je jugeais être le mieux, autant pour toi que pour moi. Comme dans ce cas. »

Bill consulte sa montre, puis d'un petit mouvement de tête désigne la photo de lui en Haïti.

« J'y retourne en septembre. Ce que je peux faire, c'est aider les vivants, et c'est ce qu'il faut que je fasse maintenant. J'ai une opération pour laquelle je dois me préparer. Tout est-il clair entre nous à propos de tout ça ?

– De tout ? Non.

– Mais assez pour que tu n'en parles à personne ? »

Au bout d'un moment, j'acquiesce.

« Bien, dit-il.

– Dis-moi, Sarah, elle est toujours en rapport avec toi ?

– Oui.

– Elle va bien ?

– Oui.

– Tu peux me donner son numéro de téléphone, ou son adresse mail ? Je pourrais me servir d'un ordinateur de la bibliothèque.

– Tu sais qu'elle m'a demandé de ne pas le faire.

– Est-ce que je ne pourrais pas, au moins, voir une photo ?

– Il faut que j'y aille », m'annonce Bill.

Mais comme j'insiste, il se penche vers son ordinateur. Après quelques clics, il tourne son écran pour me permettre de voir.

C'est tout juste si je reconnais cette jeune femme, en tailleur, les cheveux coupés court. Puis je regarde le visage de plus près, je vois le nez un peu retroussé qu'elle a hérité de sa mère, les yeux gris qui lui viennent de moi, et, bien sûr, la forme en croissant au-dessus de son arcade sourcilière gauche.

« C'est une belle jeune femme, remarque mon frère.

– Oui », dis-je.

Parce que c'est vrai.

Il clique pour passer à une autre photo, celle-ci moins solennelle. Bien qu'elle soit à l'intérieur, Sarah porte un gros manteau en lainage. Bill clique et la photo est remplacée par un message : « Cher oncle Bill, je voulais que tu voies le manteau que j'ai acheté grâce à l'argent de mon anniversaire. Un graaand merci. Bises, Sarah. »

« Rien que son adresse mail, Bill, dis-je tandis qu'il se déconnecte. Ça ne peut pas la déranger. »

Il secoue la tête.

« Rien que ça, insisté-je, d'une voix qui s'adoucit au point qu'elle se transforme presque en murmure.

– Laisse-lui le temps, Eugene. Essaie de voir les choses de son point de vue. Sais-tu quel est le souvenir le plus net que Sarah a gardé des week-ends de son enfance ? Celui du tintement des glaçons qui tombent au fond d'un verre. Elle raconte que plus ça commençait tôt, plus la journée promettait d'être mauvaise. »

SEPT

Je prends la I-40 en direction de la sortie de Sylva, mais plutôt que de suivre mon itinéraire habituel pour rentrer chez moi je vais tout droit en ville. Peu de choses ont changé depuis mon enfance. Les commerces ont des propriétaires différents et des noms différents, et on a installé un nouveau feu rouge, mais les immeubles sont restés les mêmes. Main Street se termine face à la même colline verdoyante, à son sommet le tribunal de marbre blanc domine toujours la ville, la même horloge énorme sur sa façade. La nuit, la colline s'obscurcit, à l'exception du cadran qui éclaire le ciel comme une seconde lune.

La route décrit un T. Je tourne à gauche dans Randolph Lane, me gare en face du bâtiment carré en briques rouges. Le massif d'arbustes a été arraché, sinon le jardinet n'a pas beaucoup changé. Au-dessus de la marquise, il y a la petite enseigne métallique que Nebo repeignait chaque printemps, redessinant les mots en noir : « WILLIAM MATNEY M.D. », puis peignant le reste en blanc. « BLUE RIDGE BOUTIQUE », lit-on maintenant sur le panonceau.

Dans un entretien que j'ai lu autrefois, un chirurgien de la clinique Mayo affirmait que seules les personnes dotées d'une certaine dose naturelle de cruauté choisissaient cette profession. Lorsque Bill a terminé sa seconde année à Wake Forest, Grand-père a laissé mon frère pratiquer les interventions réalisées au cabinet, celles où l'acier brillant suturait la chair. « Quand un chirurgien crée une plaie, il faut qu'il sache comment la refermer», lui a-t-il déclaré. Et donc, sous l'œil de Grand-père, Bill recousait la chair que le verre et le métal avaient déchirée. Mais il y avait également des occasions de manier le bistouri, jusque dans le cabinet d'un généraliste : des abcès avaient besoin d'être percés, des lésions excisées. «Regardez comme il est habile de ses mains, lançait fièrement Grand-père à ses patients. Avez-vous jamais vu meilleure coordination entre l'œil et la main ? Voilà pourquoi il joue si bien au base-ball.»

Les yeux rivés sur l'ancien cabinet de mon grand-père, il m'est facile de croire que le chirurgien de la clinique Mayo avait raison et que la brouille entre Grand-père et Bill n'était pas si grave, après tout. Une cruauté héritée. Les odeurs âcres et aseptiques ; les murs blancs austères et les sols en lino glacés ; les plateaux d'instruments métalliques scintillants – tout cela accentuait un sentiment de détachement à l'égard de la souffrance d'autrui. Mais cela n'a pas suffi à mon grand-père. Une seule reproduction encadrée était accrochée dans chaque salle d'examen. L'une d'elles était un dessin anatomique de Léonard de Vinci représentant une main humaine désincarnée ; dans l'autre salle, le Rembrandt qui est maintenant dans le cabinet de Bill. Enfant, ces images, tout comme Nebo, étaient pour moi une source de cauchemars. Je n'entrais pas dans ces pièces à moins d'y être contraint. Bill, lui, était attiré par ces lieux, et quand on lui a donné l'occasion d'inciser, de recoudre et d'ausculter, il n'a pas hésité. «Le tableau est là afin de me rappeler pourquoi je ne dois jamais être content de moi», a-t-il dit en parlant du Rembrandt, mais je me demande à présent si exposer cette reproduction n'est pas plutôt une manifestation de nostalgie.

Personne à Sylva ne s'est plaint, du moins pas ouvertement, de la participation de Bill, ce qui témoignait de ses compétences, mais aussi du respect, et de la crainte, qu'inspirait mon grand-père, parce qu'il avait été le seul médecin de la ville pendant quarante ans. Si des patients ne finissaient pas leurs antibiotiques, ou marchaient malgré une entorse à la cheville, Grand-père les réprimandait, souvent en public, qu'il s'agisse d'une caissière du drugstore ou de M. Ashbrook, le propriétaire de la banque. En cas de récidive, il refusait de les soigner, ce qui les forçait à prendre leur voiture pour aller à Waynesville, à plus de trente kilomètres de là. « Dans la vie, on fait des choix, nous répétait-il souvent, et il faut accepter les conséquences de ces choix. » Il siégeait au conseil municipal, où, comme partout ailleurs, on s'en remettait à lui. Lors des élections, les politiciens locaux et ceux de l'État se disputaient son soutien. En 1961, un autre médecin est venu s'installer à Sylva, mais au bout de six mois il avait si peu de clientèle qu'il est parti. Les gens n'avaient pas osé déserter le cabinet de Grand-père.

Parce qu'il connaissait tous leurs secrets, affirmait ma mère. Il savait quel mari avait attrapé une blennorragie, quelle fille avait eu besoin d'aller passer quelques mois chez une tante, quelle mère prenait du Valium. Sur deux, parfois même trois générations qu'il soignait, comment imaginer qu'une famille n'ait pas eu au moins un problème potentiellement gênant ? Mais à présent, en regardant cette boutique qui était autrefois le cabinet de mon grand-père, je me demande si les médecins des petites villes ne tirent pas plutôt leur pouvoir de ces moments où ils auscultent, en se servant de leurs mains et de leurs yeux, sinon d'instruments, les parties les plus intimes de notre corps. Après combien d'années une personne, bien que tout habillée, risque-t-elle encore d'éprouver cette vulnérabilité absolue, ce sentiment de capitulation, à l'image d'un chien qui présente son ventre à un autre chien ?

Ceux qui n'avaient pas connu Grand-père avant le conflit pouvaient croire que la guerre l'avait fait tel qu'il était. Il avait certainement éprouvé la souffrance physique, comme en témoignaient ses phalanges amputées, pour autant le traumatisme causé par la peur paraissait moins probable. Il nous a raconté, à

Bill et moi, qu'il n'avait jamais cru un seul instant qu'il mourrait au combat, même lorsque le shrapnel lui avait labouré les doigts. « Certains d'entre nous savaient tout simplement qu'ils allaient vivre, nous a-t-il expliqué. Tant que nous n'irions pas aguicher la mort, elle nous laisserait tranquilles. » Pourtant, il avait vu beaucoup d'autres hommes souffrir et mourir. S'en était-il trouvé transformé ? Le jour où nous l'avons enterré, j'ai posé la question à ma mère. « Ta grand-mère m'a raconté qu'à l'époque où il était de l'autre côté de l'Atlantique elle avait prié pour qu'il ne revienne pas, m'a-t-elle répondu. C'était peu de temps après mon mariage avec ton père. Elle voulait, je suppose, me préparer à ce que ton grand-père risquait de me dire ou de me faire. Je ne crois pas qu'il l'ait jamais battue, ton père soutenait que non, mais elle semblait toujours attendre cette première gifle, ou ce premier coup de poing. Je le voyais dans sa physionomie et dans son corps, surtout dans ses yeux. Je n'arrive pas à me souvenir d'une fois où ces yeux-là se soient relevés assez haut pour croiser le regard de ton grand-père, Eugene, pas une seule. Mourir a peut-être été la seule chose qu'elle ait jamais faite sans sa permission. » Puis ma mère s'est interrompue. « Ou plutôt, la *seconde*, ce qui soulève la question de *quand*, durant la guerre, ta grand-mère s'était-elle mise à prier pour qu'il ne revienne pas. Curieux, non ? a-t-elle alors remarqué, songeuse. Après tout ce temps, je n'y avais encore jamais réfléchi. »

J'ai plusieurs photos de ma grand-mère. Une à dix-huit ans, au moment du cotillon qui clôturait un bal, où elle pose telle une jeune fille très consciente de sa beauté. Puis à l'âge de vingt-deux ans, sur un cliché du *Sylva Herald*, à l'occasion d'un meeting en faveur de la souscription à l'emprunt de guerre. Elle porte une jupe et un pull, mais cette même conscience de soi est présente, pour la dernière fois. Non pas la beauté, qu'elle avait conservée jusqu'à l'âge mûr, assurait ma mère, mais cette conscience que tout un chacun remarquerait sa grâce, ou qu'elle voulait qu'on la remarque.

Entre vingt et vingt-cinq ans, à l'époque où je croyais, à l'instar de Wolfe, que j'écrirais un jour mon roman d'une petite ville, j'ai trouvé dans les archives du *Sylva Herald* un article daté de novembre 1918. « Un colporteur de Raleigh arrêté à la suite d'une altercation avec le médecin de Sylva », disait la manchette. D'autres articles avaient paru les jours suivants. Dans la soirée, après l'affrontement, le représentant de commerce avait disparu. Un pêcheur avait signalé avoir aperçu deux hommes, l'un en costume, l'autre mal vêtu et beaucoup plus grand, qui traversaient le pont à l'extérieur de la ville, mais le lendemain le pêcheur avait avoué au shérif Lunsford qu'il était soûl et n'avait rien vu de tel, et M. Tillis, le quincaillier, s'était souvenu que le représentant lui avait parlé de son désir de partir en Californie. Bien que personne ne l'ait vu monter dans le car, le shérif avait conclu que, comme tant de gars d'une vingtaine d'années, le représentant avait mis le cap vers l'ouest, le pouce levé, avide d'aventure. Sa famille avait réclamé une enquête criminelle, convaincue que normalement il aurait dû se mettre en rapport avec elle et retirer ses économies de la banque, mais elle n'avait pas eu lieu. Trois ans plus tard, on avait trouvé un fémur sur les bords de la Tuckaseegee. La famille était revenue sur place, n'ayant depuis tout ce temps reçu aucune nouvelle du disparu. Une fouille plus systématique des bois environnants n'avait rien donné de plus.

J'ai plusieurs souvenirs nets de ma grand-mère – de son corps voûté, de sa voix si douce, même quand elle s'adressait aux enfants, qu'elle en était difficile à comprendre. Ce dont je me souviens le mieux, c'est de la poignée de pastilles contre la toux Luden's qu'elle me donnait, ce qui dans la maison de Grand-père ressemblait le plus à des bonbons. Huit mois après mon père, elle est morte d'un infarctus. Pendant la journée où elle a été hospitalisée, ma mère est restée auprès d'elle. « Elle était dans son lit et elle nous a tout simplement tourné le dos, à l'infirmière et moi. Ta grand-mère savait qu'elle était en train de mourir, elle était prête ; d'ailleurs, qui aurait pu le lui reprocher ? »

« Évidemment, jamais ton grand-père n'a cru qu'il mourrait un jour », a conclu ma mère. Bill disait la même chose de Grand-père, et il semblait bien qu'il en serait ainsi, jusqu'à ce soir de 1974 où je l'ai trouvé dans ce même bâtiment en briques. C'était pendant les vacances de Noël. J'étais à la maison, rentré de Wake Forest, quand Nebo est arrivé chez nous et m'a fait signe de l'accompagner. Il a déverrouillé la porte de derrière du cabinet et m'a engagé à entrer, sans pour autant me suivre. La nuque de Grand-père reposait sur l'appui-tête du fauteuil en cuir. Il fixait le plafond, les yeux et la bouche ouverts. Parler de *stupéfaction* paraît terriblement prévisible d'un point de vue narratif, mais je ne connais pas de meilleur mot pour décrire l'expression inscrite sur son visage.

Je sursaute, comme tiré du sommeil, quand la porte s'ouvre et qu'une femme sort, tenant un cadeau entouré d'un nœud de ruban bleu. Une boutique, c'est vrai, pas un cabinet médical. Je quitte ma place de stationnement et tourne à gauche dans Church Street, puis un pâté de maisons plus loin je tourne encore à gauche. En retraversant la ville, j'essaie de me rappeler tout ce que je peux du jour et du soir où Ligeia a disparu. Après les cours, j'avais attendu à la maison le retour de Bill. Des heures s'étaient écoulées. Je m'étais dit qu'il l'avait peut-être conduite à Asheville, ou qu'il était déjà revenu et ressorti. Quand ma mère m'a demandé où était mon frère, j'ai répondu que je ne savais pas.

La nuit était tombée lorsqu'il est rentré. J'étais allongé sur mon lit, la radio allumée, la seule station sur laquelle je la laissais en permanence, plus ou moins audible. Bill n'a pas parlé à notre mère, qui se trouvait dans le petit bureau, il est monté directement dans sa chambre. Sa porte était fermée à clé, mais je me suis plaqué contre le panneau et j'ai demandé si tout allait bien. « Oui, a-t-il répondu, Ligeia est dans le car pour Charlotte. Va donc te coucher », a-t-il ajouté. Quelques minutes plus tard, j'ai entendu couler la douche dans la salle de bains que nous partagions. J'ai peut-être encore un peu écouté la radio, ou bien je l'ai éteinte, et j'ai fermé les yeux et dormi mieux que ça ne m'était arrivé depuis longtemps. Je ne sais pas trop. L'autre souvenir net qui me reste, c'est d'avoir été assis à la table du petit déjeuner, le lendemain matin, quand mon frère est venu se joindre à moi. Une ecchymose violaçait sa pommette gauche et sa lèvre supérieure était enflée. « Mais qu'est-ce que tu t'es fait au visage ? » s'est écriée notre mère. « Je pêchais, a-t-il expliqué. Une branche de rhododendron m'est revenue en pleine figure et m'a bien arrangé. »

Des branches m'avaient déjà joué le même tour, et je savais qu'il était allé retrouver Ligeia à Panther Creek. À l'évidence, ce matin-là j'aurais remarqué s'il y avait eu aussi des égratignures, ces traces de râteau que laissent les ongles. Pour autant, pourquoi aurais-je cru que c'était Ligeia ? Et qu'elle était responsable de l'ecchymose et de la lèvre enflée ? Après tout, elle avait pris le car pour Charlotte, et tout allait bien. Mon frère l'avait dit.

Tout cela est si brusquement improbable – Ligeia qui tombe à l'eau, se cogne la tête et se noie. Une petite rivière, un rocher, une branche de rhododendron. Improbable, mais pas impossible. Et pour envisager les choses autrement, il me faut croire que mon frère est un assassin.

Deuxième partie

HUIT

« Bon sang ! s'est exclamé Bill, ce dimanche-là, quand il est revenu. Tu t'es envoyé une autre bière ?

– Un peu, ouais, et regarde-moi ça… » lui ai-je répondu, les paroles que je prononçais aussi glissantes que des cailloux dans le lit d'une rivière.

J'ai soulevé l'anneau métallique et montré à mon frère une arc-en-ciel de trente-cinq bons centimètres, la plus grosse que nous ayons pêchée de l'été.

« Je suppose que c'est ton jour de chance. Et ce n'est pas fini, a-t-il lancé en montrant d'un signe de tête les bois qui s'étendaient plus bas. Ligeia t'attend.

– Pourquoi ?

– À ton avis ? »

Des années plus tard, je lirais la réponse de Faulkner à quelqu'un qui lui avait demandé pourquoi il buvait. « Pour me sentir plus fort et plus courageux », avait-il répondu, et c'est exactement ce que j'ai éprouvé alors, mais cette sensation s'est vite dissipée.

« Ce n'est peut-être pas une tellement bonne idée. Je me disais que si Grand-père découvrait que… »

Bill a haussé les épaules, esquissé un petit sourire.

« Si tu n'as pas envie d'y aller, frérot, pas de problème. Je ne fais que transmettre le message.

– D'après toi, je ne vais pas y aller, c'est ça ? ai-je riposté en croisant son regard.

– Comme tu voudras, ça m'est égal, a dit Bill, sans plus sourire. Mais elle doit bientôt partir, alors si tu y vas, vas-y tout de suite – encore que tu devrais peut-être commencer par rincer le jus visqueux que les poissons et les asticots t'ont laissé sur les mains. »

Je me suis agenouillé sur la rive pour me frotter les mains avec du sable et de l'eau. Quand je me suis relevé, le monde a oscillé un instant avant de retrouver son aplomb.

« J'y vais », ai-je annoncé.

Bill a tapoté la poche de mon jean.

« N'oublie pas de le mettre. Compris ?

– Ouais, ouais », ai-je marmonné.

La bière clapotait inconfortablement dans mon estomac, et la déconnexion entre ma tête et mes pieds m'a fait trébucher deux fois. Ensuite, je me suis enfoncé dans les bois, les yeux rivés au sol.

Ligeia était en bikini, assise sur un dessus-de-lit molletonné, les genoux repliés. Je suis resté debout au-dessus d'elle, en tanguant légèrement, sans trop savoir quoi faire ni quoi dire.

« Tu peux t'allonger à côté de moi, Eugene, a-t-elle proposé tout en me lançant un sourire endormi. Je suis une sauvageonne, mais je ne mords pas.

– Si c'est Bill qui t'a demandé de…

– Il ne m'a rien demandé du tout.

– C'est que je ne veux pas me montrer irrespectueux », ai-je ajouté, sans trop bien articuler le dernier mot.

Malgré le Valium et le vin, les yeux de Ligeia sont devenus mauvais. Ce regard, j'allais le revoir lorsque j'enseignerais, toujours dans les yeux de femmes qui avaient été élevées à la dure, une méfiance envers tout ce qui était dit d'une voix aimable.

« Du *respect* ! a craché Ligeia. C'est ça qui fait baisser sa culotte à une fille, par ici ?

– C'était plutôt que… c'est plutôt que…, ai-je balbutié. Enfin, Bill est plus beau, et plus musclé. »

Ligeia a tapoté le dessus-de-lit.

« Viens t'asseoir à côté de moi, Eugene », a-t-elle dit, d'une voix plus douce.

Je me suis assis, j'ai replié les genoux et noué mes mains autour, comme elle. Mon estomac s'est calmé.

« Vous, alors, les mecs de Caroline du Nord..., a-t-elle soupiré. Il a fallu que je fasse le premier pas avec ton frère. Ce n'est pas comme ceux de Daytona : tu leur souris, et ils sont déjà en train d'ouvrir la braguette de leur jean. Et, bien sûr, si tu les laisses faire ils te traitent de "salope" ou de "putain".

– Pas moi, jamais.

– Tant mieux. C'est ça qui est vraiment sympa dans la communauté : fille ou garçon, si quelqu'un te botte et que tu lui bottes, on le fait. Et après, tout le monde est cool et personne ne te critique, parce que coucher c'est une façon de partager.

– J'ai pigé. L'amour libre.

– Je crois que tu piges, oui, surtout le côté partage. Peut-être mieux que ton frère. »

J'ai souri.

« J'espère bien. »

L'alcool s'est mué en un rayonnement de plus en plus large, qui nous a d'abord encerclés tous les deux, puis s'est dilaté pour englober les bois protecteurs. Ligeia s'est laissée aller sur le dessus-de-lit, et de l'index m'a fait signe d'approcher.

« Viens t'allonger près de ta sirène. »

J'ai obéi. Elle a détaché le haut de son bikini et écarté le tissu, découvrant ses seins pâles. J'avais toujours imaginé le sexe comme une sombre et lente exposition des corps. Même là, en plein après-midi, je m'étais attendu à un dévoilement plus subtil, à la voir se détourner, la poitrine couverte de ses bras et ses coudes.

« Tu peux regarder. Je ne suis pas coincée, physiquement parlant », a-t-elle dit.

Elle s'est trémoussée pour faire descendre le bas du maillot le long de ses jambes jusqu'à ce qu'elle puisse en sortir un pied, puis l'autre.

« À ton tour, maintenant », m'a-t-elle lancé.

Une fois mon jean enlevé, j'ai glissé la main dans la poche pour en extraire le préservatif.

« Tu sais comment ça se met ? s'est-elle informée.

– Je crois que oui », lui ai-je répondu. Mais j'étais si agité que je n'arrivais pas à ouvrir l'emballage. « C'est simplement que j'ai…

– Hé, il y a une première fois pour tout le monde…, a-t-elle dit en me prenant le préservatif des mains. Allonge-toi sur le dos. »

J'avais les yeux ouverts mais, la tête posée sur le dessus-de-lit, je ne voyais pas Ligeia, seulement une trouée dans le couvert des arbres où un unique nuage blanc était suspendu immobile sous un ciel bleu. Les doigts de Ligeia ont déroulé le préservatif sur mon sexe.

« OK, a-t-elle dit en m'attirant plus près. Pense à autre chose, par exemple aux paroles d'une chanson. Comme ça, tu tiendras plus longtemps. »

« Pour ta première fois, tu as été génial, a-t-elle remarqué en remettant le bas de son bikini.

– Tu parles sérieusement ?

– Mais oui. Aussi bon que ton frère, peut-être même un peu meilleur. »

J'ai remonté mon jean coupé et tiré sur la fermeture Éclair.

« Tu ne voudrais pas m'aider à rattacher le haut ? » m'a-t-elle demandé.

Je me suis mis à genoux derrière elle. En nouant les cordons verts, j'ai pensé : *Je sais maintenant de quoi parlent toutes ces chansons, ce dont elles parlent je l'ai fait.* Ligeia s'est rallongée et elle a fermé les yeux. Je l'ai imitée, mais moi j'ai gardé les miens ouverts. La bière et le sexe, la chaleur de l'après-midi et le murmure de la rivière avaient provoqué en moi un sentiment de satiété rêveuse. J'étais un type pas mal du tout, me disais-je, un type qui ne demandait rien de plus qu'être là à contempler à travers des feuilles vertes un ciel désormais sans nuages. Je n'étais plus celui que j'avais été, et cette personne-là, ce garçon-là, je ne le serais plus jamais.

« Alors, qu'est-ce que tu vois, là-haut ? a demandé Ligeia lorsqu'elle a rouvert les yeux.

– Je ne sais pas. C'est joli, voilà tout.

– Moi, je vois l'océan. Je dois vraiment être un peu sirène, parce que si je ne suis pas au bord de l'océan je ne me sens pas chez moi. Bon sang ! Je ne me sens même pas vraie – du moins, pas *vraie à fond.* » Elle a eu un petit rire. « C'est drôlement bizarre de dire un truc pareil, non ? Merde ! Ça faisait tellement longtemps que je n'avais pas été défoncée…

– Tu vas habiter ici jusqu'à la rentrée ?

– Peut-être même plus longtemps. Mon vieux menace de me laisser dans le coin jusqu'à la terminale, maintenant. De toute façon, dès que j'aurai dix-huit ans, en octobre, je serai majeure et j'irai où ça me chantera.

– Rejoindre la communauté ?

– Non, à Miami. On peut se faire plein de blé en bossant comme barmaid. Pas comme à Daytona, où les ploucs te filent vingt-cinq *cents* de pourboire. Mais il faut avoir dix-huit ans pour servir de l'alcool. » Ligeia a marqué un temps de silence. « Pour une fois dans ma vie, j'ai envie d'avoir quelques trucs à moi, surtout mon propre appart, peut-être même une bagnole pour voyager. Et puis que ma petite sœur vienne un peu chez moi aux vacances et pendant l'été. Je l'emmènerai faire les magasins, au ciné et au restau, pour qu'elle se sente intéressante, parce qu'à la maison ça n'arrivera jamais. Tiens, ça, ça pouvait être chiant dans la communauté. Si tu aimais les trucs "matériels", pour eux tu étais "*plastic*", sauf qu'ils avaient presque tous des parents friqués. Ils n'avaient jamais eu à *redonner* quoi que ce soit, à l'épicerie, après que tout était passé à la caisse. Ta mère ne t'a jamais obligé à le faire ?

– Non.

– Tu sais, c'est vraiment chiant. D'ailleurs, je n'y ai jamais tellement cru, à toutes ces conneries de paix et de *flower power*. Quand j'étais petite, si tu ne répondais pas à coups de griffes ou à coups de pied quand quelqu'un s'en prenait à toi, ça pouvait vraiment barder.

– Alors pourquoi tu portes un symbole de paix ?

– C'est une fille de la communauté qui me l'a donné. Elle prétendait que c'était bon pour le karma, ce genre de niaiseries hippies à la noix. Mais bon, je me dis que ça ne peut pas faire de mal, hein ?

– Sans doute que non.

– Ne va pas croire que je débine toute cette bande. Je veux retourner dans une communauté, un jour ou l'autre, mais à San Francisco, où c'est la fête tous les jours. Le mec qui avait installé la super sono, il disait qu'il y avait un concert du Dead ou de Jefferson Airplane tous les week-ends. Carrément sur l'océan, en plus ! Tu crois que la vie peut être plus belle que ça ?

– Ça m'a l'air vraiment sympa.

– Et pour la drogue, là-bas on trouve de tout », a ajouté Ligeia. Puis elle a souri. « Mais hé, ce que je ressens, là, c'est pas si mal. Le Valium, ça donne de bonnes vibes n'importe où. Dans la communauté, ils fumaient presque tous du hasch, ou ils prenaient de l'acide, mais mon truc à moi c'était de voguer aux tranquillisants. Et je continue. »

Un nuage blanc a rempli la trouée entre les feuilles et je l'ai imaginé venant se glisser sous moi. Je me suis demandé si Ligeia avait déjà vu la neige. J'étais sur le point de lui poser la question quand elle s'est redressée sur les coudes.

« Faut bientôt que je me casse, mec. J'avais vraiment besoin de passer deux ou trois heures loin d'eux. L'après-midi a été plutôt génial pour toi aussi, non ?

– Archi génial.

– Alors on devrait remettre ça, hein ?

– Tu parles ! ai-je lancé d'une voix forte. Un peu, ouais ! »

Ligeia a éclaté de rire.

« Tu es censé être le frère timide.

– Je ne suis pas timide.

– C'est vrai », a-t-elle reconnu. Elle a posé sa main sur mon genou, l'a caressé doucement. « Ton frère, lui, il ne serait pas un peu coincé, surtout par rapport à ton grand-père ?

– Je crois que oui. Grand-père est très sévère.

– Bill m'a dit qu'il ne m'apporterait plus de Valium.

– Je sais.

– Et toi, ça ne t'embête pas ?

– Ben, non.

– C'est pas Bill qui décide pour vous deux ?

– Il ne décide rien pour moi. »

Ligeia a souri.

« Je parie que dans son cabinet ton grand-père a des tonnes d'échantillons.

– Il en a plein, oui.

– Il ne le saura pas, et Bill non plus, si tu apportes un petit quelque chose à ta sirène pour qu'elle se sente bien, pas vrai ?

– Je suppose que non, ai-je reconnu au bout d'un petit moment.

– Tu pourrais y goûter, toi aussi, a-t-elle suggéré en se rapprochant de moi, son souffle dans mon oreille. Bon, qu'est-ce que tu en penses, Eugene ? Tu serais vraiment un amour si tu faisais ça.

– D'accord », ai-je murmuré.

Elle m'a embrassé sur la bouche.

« Tu ne vas pas changer d'avis, au moins ?

– Non. Mais n'en parle pas à Bill.

– Je ne moucharde pas, a-t-elle promis en se levant. Ce sera notre secret. »

Quand nous sommes remontés, Bill a souri, mais sans faire de commentaires.

« Est-ce que je peux emporter le reste du vin ? a demandé Ligeia. Je le planquerai derrière la cabane de jardin de mon oncle.

– Vas-y, lui a répondu Bill.

– Et dimanche prochain, si vous apportiez des cigarettes ? Tante Cazzie et oncle Hiram flipperaient à mort si je leur en demandais.

– Quel genre de cigarettes ? ai-je voulu savoir.

– Des Virginia Slim. Je te rembourserai.

– D'accord.

– Bon, j'ai intérêt à me barrer, sinon ils vont croire que je me suis noyée », a lancé Ligeia.

J'avais trouvé la capsule du vin et la lui ai tendue.

« Merci, a-t-elle dit tout en posant un baiser sur ma joue avant de se tourner vers Bill. Il apprend vite, ton frère. »

Alors qu'elle traversait la rivière, Bill en a sorti l'anneau métallique ; trois truites, et non plus deux, s'y balançaient.

« Ça suffira pour rester dans les petits papiers du vieux », a-t-il remarqué.

Il a dégagé le plus petit des poissons et attrapé le couteau de combat qu'il aiguisait après chaque partie de pêche avant de le fourrer dans sa poche. La pointe de la lame est venue se poser sur le ventre de la truite, puis d'un seul geste rapide la chair s'est ouverte comme de la soie qu'on découpe aux ciseaux. Je me suis détourné, repris par la nausée.

« Je vais charger le pick-up pendant que tu les vides », ai-je annoncé.

J'ai terminé avant Bill, et attendu dans la cabine. Une douleur sourde s'était installée à l'arrière de mon crâne. *Seulement deux, peut-être, la prochaine fois*, me suis-je dit. J'ai entendu Bill s'avancer à pas pesants dans les rhododendrons, puis un cliquetis étouffé lorsque l'anneau métallique a atterri sur le plateau du pick-up.

« Ça va ? a-t-il voulu savoir. Je te trouve un peu vert. Ce n'était pas malin de siffler toutes ces bières. Tu n'as pas dégueulé, au moins, quand tu étais avec Ligeia ?

– Non.

– Tu as de la veine. La première fois que j'ai bu de la bière, j'en ai ingurgité trois et j'ai enlacé une chaise percée pendant une heure. »

Je tiens peut-être mieux l'alcool que toi, ai-je songé, souriant en mon for intérieur tandis que mon frère mettait le moteur en marche.

Le trajet cahotant pour remonter la route forestière a dérangé mes entrailles, mais une fois sur la quatre-voies j'ai baissé ma vitre et je me suis senti mieux. Et puis le vent frais a paru atténuer mon mal de tête. J'ai allumé la radio.

« Alors, c'était comment ? s'est enquis Bill pendant que je cherchais une station au milieu des parasites.

– La bière avait bon goût.

– C'est sûr, quand on voit tout ce que tu as descendu ! a-t-il remarqué dans un petit éclat de rire. Je pensais à l'autre truc. »

J'ai fini par trouver une station audible, mais elle passait Merle Haggard.

« En supposant que c'est arrivé, a ajouté mon frère.

– C'est arrivé », ai-je répliqué. Et puis, d'un ton plus brusque : « D'ailleurs on a trouvé ça sacrément bon, elle et moi. J'ai été aussi bien que toi, peut-être même meilleur. C'est elle qui me l'a dit.

– Ça va, ça va, je te crois. Tu n'as pas besoin de monter sur tes grands chevaux pour autant. »

J'ai trouvé une autre station et poussé le son. Je n'ai pas reconnu la chanson, mais cette fois ce n'était pas de la country. Après, ils ont passé « Good Lovin' » et j'ai chanté en chœur. « *Baby please squeeze me tight.* » *Ouais, je sais de quoi ça parle*, ai-je pensé, et j'ai chanté plus fort. *Ce que ça raconte, je l'ai fait. Et super bien, même.*

NEUF

Il n'était pas loin de midi, le mercredi suivant, quand Hiram Mosely a franchi la porte d'entrée du cabinet.

« Oh, merde ! » a murmuré Bill lorsque l'oncle de Ligeia s'est approché du guichet de Shirley pour demander à voir Grand-père.

Tels des sprinteurs prêts à foncer, nous nous sommes tous deux penchés en avant, les yeux rivés au sol. M. Mosely a alors levé une main enveloppée dans un mouchoir imbibé de sang. Shirley lui a dit de s'asseoir. Il s'est retourné, m'a aperçu et salué d'un signe de tête. Je l'ai salué à mon tour et j'ai pris un magazine, soulagé de le voir s'installer près de la porte. Peu après, un patient est sorti et Shirley a annoncé à M. Mosely qu'il pouvait passer à l'arrière. Quelques minutes plus tard, Grand-père a appelé mon frère pour qu'il les rejoigne.

« Ça n'a rien à voir avec elle », a dit Bill en se levant.

Pourtant il n'avait pas l'air tranquille. Je l'ai suivi, mais je me suis arrêté dans le couloir. La porte de la salle de soins est restée ouverte. M. Mosely était assis sur la table d'examen métallique, sa paume entaillée teintée d'orange par la Betadine.

« Ça ne vous ennuie pas que Bill vous recouse, dites ? s'est enquis Grand-père. Il le fera bien mieux que moi.

– Non, monsieur.

– À toi, Bill, a alors ordonné Grand-père. Trois points devraient suffire. »

Bill a enfilé l'aiguille. M. Mosely a posé sa main paume en l'air sur la table, et grimacé au moment où mon frère terminait le premier point de suture.

« Il paraît que la fille de votre frère passe l'été ici », a dit Grand-père.

M. Moseley a fait signe que oui.

« Parce qu'elle a eu des ennuis avec la police », a ajouté Grand-père. L'aiguille de Bill a marqué un temps d'arrêt. « C'est exact ?

– Oui, mais d'après Jimmy c'était surtout à cause de ses mauvaises fréquentations. C'est pour ça qu'elle est chez nous.

– Et elle vous donne du fil à retordre ? a voulu savoir Grand-père.

– Non, monsieur. Mais Cazzie et moi on la laisse pas sortir sans que l'un de nous deux l'accompagne, a répondu M. Mosely en serrant les dents tandis que Bill passait l'aiguille dans la chair une deuxième fois.

– Ce n'est pas assez endormi ? s'est informé mon frère.

– C'est assez endormi, a affirmé Grand-père. Termine.

– Moi, ça va, a dit M. Mosely à Bill.

– Lui tenir la bride haute, voilà ce qu'il faut à une adolescente dans son genre, a déclaré Grand-père alors que Bill terminait le troisième point et nouait le fil. La main en l'air, Mosely. »

Mosely a levé la main et Grand-père l'a examinée.

« Vous ne trouverez pas de coutures plus belles sur une balle de Major League, a-t-il promis. Attendez une semaine, coupez les points aux ciseaux, et retirez les fils.

– Oui, monsieur.

– J'espère que cela vous apprendra à être plus prudent au voisinage des scies, Mosely, a repris Grand-père. Nous ne recousons pas les membres – pas vrai, Bill ?

– Non », a reconnu mon frère en déposant l'aiguille et le fil sur un plateau en acier.

« Pendant un moment, je nous ai crus dans la merde jusqu'au cou, m'a-t-il confié quand M. Mosely est parti après avoir payé.

Ce qui règle définitivement le problème : il n'est plus question que nous sortions de cette armoire autre chose qu'une aspirine. J'ai du mal à croire que j'aie été assez bête pour l'avoir fait, ne serait-ce qu'une fois. »

Mais moi, je l'avais fait, la veille dans l'après-midi, quand nous nettoyions le cabinet. Lorsque Bill était entré dans le bureau de Grand-père pour laver par terre, j'avais ouvert l'armoire et fouillé dans l'assortiment d'échantillons et de plaquettes. J'avais trouvé du Valium à l'instant même où j'entendais s'ouvrir la porte d'entrée. Je venais tout juste de refermer l'armoire et de fourrer les comprimés dans ma poche quand Nebo était arrivé dans le couloir. Il était passé devant moi pour se pencher au-dessus de la fontaine à eau, avait bu à grandes lampées, toussé chaque fois qu'il relevait le bulbe miroitant qui lui tenait lieu de tête. J'étais allé prendre un balai à franges et un seau dans l'autre placard. À ce moment-là, je m'étais souvenu du collier hippie, celui que j'avais acheté le lundi soir et que je n'avais pas osé porter devant Grand-père. Je l'avais alors renfoncé sous mon col, mais quand j'étais ressorti dans le couloir Nebo avait disparu.

« Alors toi aussi tu étais là quand oncle Hiram a débarqué au cabinet médical ? m'a demandé Ligeia le dimanche suivant, après l'amour.

– Oui, j'y étais.

– Bill joue les décontractés, mais je parie que vous avez flippé à mort, les mecs. »

J'ai souri en sentant dans ma tête le petit bourdonnement provoqué par trois bières, et en pensant *Bzzz Bzzz Bzzz* – si cette sensation était un son, ce serait celui-là : des abeilles qui volettent.

« Pas moi.

– Mais Bill, oui ?

– Oui, jusqu'à ce qu'il voie la main de ton oncle.

– Oncle Hiram a fait admirer les points de suture comme si c'était de l'or. On dirait que tout le monde, à Sylva, pense que ton frère est le second Messie. Ça doit finir par être lassant, je parie, d'entendre ça à longueur de temps.

– Oui, c'est lassant, mais apparemment tu es la seule à t'en rendre compte.

– Hé, mais c'est toi qui ne t'es pas dégonflé pour m'apporter ma came ! a remarqué Ligeia en désignant de la tête la plaquette vide. Même oncle Hiram dit que ton grand-père est une vraie peau de vache. Alors là, Eugene, rayon couilles, tu as battu ton frère, et à plate couture. D'ailleurs, Bill n'oserait pas non plus mettre le collier que tu portes, pas vrai ?

– Sûrement pas. Il n'arrête pas de répéter que Grand-père me tordra le cou, s'il le voit. »

Ligeia a passé un doigt sur les perles, son ongle pointu raclant légèrement ma peau.

« Ça te va super bien, Eugene. »

J'ai souri, parce que j'avais regardé dans le miroir de la salle de bains avant que nous partions, Bill et moi, et que pour une fois j'avais bien aimé ce que j'avais vu.

« J'ai un cadeau pour toi, ai-je annoncé, avant de plonger la main dans la poche de mon pantalon.

– Il a les mêmes couleurs que le tien, a remarqué Ligeia, qui a souri et mis le collier par-dessus celui qu'elle avait déjà autour du cou. Où tu l'as acheté ? Ne me dis pas qu'il y a une boutique hippie, ici, à Ploucville ?

– À Waynesville. J'y suis allé en voiture, lundi soir.

– Tu as trouvé une boutique hippie, là-bas ?

– Je suppose que c'en est une. Elle vient d'ouvrir. Il y a de l'encens, des colliers, des posters fluo, et quelques vraiment bons albums : le Grateful Dead, Jefferson Airplane, presque tous les groupes dont tu m'as parlé. Si j'avais de quoi les passer, j'en aurais pris deux ou trois.

– Pourquoi tu n'achètes pas une chaîne ? Grand-papa te paie ton boulot, non ?

– Il dépose l'argent sur nos comptes en banque. Tant que je n'aurai pas dix-huit ans, il me faut sa signature, et il ne m'autorise pas à retirer plus de vingt-cinq dollars par semaine.

– Tu as combien ?

– Pas loin de deux mille dollars.

– Putain, mon ange ! Pour trois cents, tu peux t'acheter une chaîne d'enfer. Il ne te laisse pas dépenser ton propre fric ?

– C'est hors de question. Pas pour ce genre de trucs. Bien sûr, Bill, lui, il a le droit, et il a plus d'argent que moi, mais la musique ne le branche pas assez pour acheter une chaîne.

– Ça, c'est nul. Mais une boutique hippie dans le coin, c'est vraiment super. J'ai parlé à ma sœur, hier soir. Elle va venir avec de l'herbe. Je parie qu'ils vendent des pipes et du papier à rouler, là-bas. Tu en as déjà fumé ?

– Non. Une bonne petite éclate à la bière, moi, ça me va très bien.

– L'herbe c'est sympa, mais ce que tu m'as apporté c'est beauuuucoup mieux. Quand j'aurai de l'herbe, tu essaieras. Et le Valium ? Tu n'en as pas pris pour toi ?

– Il faut que je fasse gaffe à ne pas trop en piquer. Je veux qu'il soit pour toi.

– Tu es adorable. Au fait, j'ai oublié de te donner ça, pour les cigarettes, a-t-elle dit en tendant le bras derrière elle pour attraper un billet de un dollar. La prochaine fois, je participerai aussi à l'achat du vin. Bill m'a raconté que tu avais fait tout un plat pour le payer.

– Je ne veux pas d'argent, ai-je répondu, avant de marquer un temps de silence. On pourrait dire que c'est comme si on sortait ensemble, non ? Enfin, si ça te va.

– "Sortir ensemble"… Ça se fait encore, par ici ?

– Oui. »

Elle a secoué la tête, l'air moqueur.

« D'accord, a-t-elle dit avec un sourire, tout en posant l'argent à côté du dessus-de-lit, mais tu as loupé la phase pelotage, la main glissée dans mon soutien-gorge et dans ma culotte, tous ces trucs qu'on fait quand on sort ensemble. Tu as loupé la première, la deuxième et la troisième base, et marqué le point directement. »

Un agréable picotement s'est propagé sur mon visage et mon cuir chevelu.

« Je ne m'en plains pas le moins du monde.

– Et je dois aussi sortir avec ton frère ?

– Tu veux parler de William Gaylord Matney troisième du nom ? ai-je répondu, la mine épanouie. Non, juste avec moi.

– Attends ! s'est alors écriée Ligeia en gloussant. C'est son nom en entier, pour de bon ?

– Pour de bon.

– Il ne se fait jamais appeler comme ça, tout de même ?

– Si, en classe, ai-je prétendu. Je me moque de lui chaque fois qu'il le fait devant moi.

– Tu as bien raison », a-t-elle lancé. Et elle s'est remise à glousser. « Je savais qu'il était coincé, pourtant il a toujours été plutôt sympa, et puis il nous fournit la bière et le vin… mais tout de même, ça va être sacrément dur de le regarder en face sans se marrer.

– Un jour, il a signé un chèque, et dessus il a écrit "William Matney troisième du nom" », ai-je repris – un mensonge de plus –, « et moi je l'ai changé en "William Matney troisième ducon" ».

Le gloussement de Ligeia s'est mué en un rire dur, proche de l'aboiement.

« Tu es vraiment tordant, a-t-elle remarqué quand elle s'est arrêtée. Ça me plaît bien.

– Alors on peut dire qu'on sort ensemble ?

– Bon, d'accord, on peut "sortir ensemble". Mais souviens-toi que, cette nana, les fleurs et les boîtes de chocolats c'est pas le genre de trucs qui l'excitent, vu ?

– Vu. »

Tout le restant du mois de juin, nous avons retrouvé Ligeia le dimanche après-midi. Quand Bill pratiquait une opération avec Grand-père, j'ouvrais l'armoire et je volais des échantillons de Valium ou de Méthaqualone. Le dimanche, Bill s'arrêtait à la supérette. Il payait la bière, mais moi je payais le Strawberry Hill. Il prenait les préservatifs à un distributeur installé aux toilettes, mais moi je glissais des pièces dans le distributeur de cigarettes et tirais sur la poignée pour en sortir des Virginia Slim. Chaque semaine, j'espérais que Ligeia ne laisserait pas Bill la rejoindre dans les bois. « Dis, c'est simplement parce qu'il nous achète de l'alcool ? » voulais-je lui demander, mais sans jamais le faire. Il a fallu l'arrivée de Leslie, en juillet, pour que les choses commencent à changer.

DIX

Le lendemain de ma visite à Bill à Asheville, je me réveille en entendant frapper à ma porte. Je m'approche de la fenêtre et je vois la voiture de patrouille du shérif Loudermilk. Je tâche de me convaincre que c'est une coïncidence, une nouvelle plainte à cause de la pelouse qui n'est pas tondue, ou des poubelles vides qui traînent sur le trottoir. Mais je sais bien que non, et je me rends compte d'autre chose – quelque part au fond de moi, j'attendais cette visite.

La bouche pâteuse et un peu flageolant, j'attrape un peignoir miteux et je m'avance vers la porte. J'entre au salon, où un soleil de fin de matinée filtre à l'oblique à travers les stores et réveille un mal de crâne dont j'avais espéré me délivrer en dormant tout mon soûl. Des particules de poussière qui flottent dans la lumière jaune ramènent un moment d'enfance, davantage une impression qu'un souvenir, d'une ombre de haute taille toujours plus dense au-dessus de moi, et puis d'une ascension en apesanteur. À la porte, les coups se font plus insistants.

« Il faut que je vous parle, annonce Robbie Loudermilk quand je lui ouvre.

– Si c'est pour la pelouse, je lui réponds, la main sur la poignée, je vais la faire tondre.

– Non, rien à voir. Je peux entrer ?

– Comme vous le voyez, shérif, je ne suis pas encore habillé.

– Ça ne me dérange pas d'attendre. »

Ma main n'a pas quitté le bouton de porte. Le cuivre est froid et compact, soudain réel, comme rien d'autre ne l'est tout à fait.

« Alors, je peux entrer, oui ou non ? »

J'ouvre plus grand. Loudermilk se voûte pour passer la porte – un beau brin de gars, comme on disait autrefois. Ses cheveux sont étrangement noirs pour un homme qui a largement dépassé la soixantaine, il les porte coupés ras comme un prédicateur de la télé. Tout, y compris le nez cassé mal remis et le sourire tendu, semble faire partie de l'uniforme.

« J'ai joué dans cette équipe avec votre frère, dit-il en s'approchant de la tablette de cheminée. J'étais rudement fort, mais Bill était à cent coudées au-dessus de moi. Et maintenant, c'est un chirurgien de haute volée. Des tas de gens ne sont pas très forts, ne serait-ce que dans un seul domaine. En fait, certains ne sont que des ratés de première, ajoute-t-il, tout en continuant à examiner la photo. Incapables de garder un boulot, ou une famille. Bon sang ! Ils ne sont même pas capables de rouler sans avoir picolé alors que leur gamine est dans la voiture. » Il se retourne et découvre une rangée de dents d'une blancheur de porcelaine. Ce qui paraît incongru, et somme toute un handicap, quand on a affaire à des rustres pour qui se blanchir les dents serait un truc décadent. « Bill était un de mes amis au lycée, je suis même quelquefois passé le voir ici. Votre mère avait toujours un verre de lait et des biscuits à nous offrir. Bien sûr, cette maison était mieux tenue à l'époque. Ça ne semble pas être une priorité, pour vous. Ouais, Bill était mon pote, jusqu'à ce qu'il engage son ténor du barreau pour vous tirer d'affaire. Ce qui a changé bien des choses.

– Il faut que je m'habille, shérif, donc si ça ne vous dérange pas…

– Faites donc, répond Loudermilk. Rien ne presse. »

Je monte au premier, et j'enfile un pull et un jean. Quand je reviens, il contemple toujours les photos, ce qui me donne un instant pour parcourir la pièce du regard. Un gobelet en plastique, une bouteille de vin vide, et une autre de Jack Daniel's dont le niveau est en baisse encombrent le guéridon. Au pied du canapé, un fouillis poussiéreux de livres et de magazines. Et là, sur les coussins, quelque chose dont je détourne le regard en vitesse.

« Votre mère était une femme séduisante, remarque Loudermilk en me faisant face. C'est surprenant qu'elle ne se soit jamais remariée. Je la voyais quand j'emmenais mes petits-enfants à la bibliothèque. Elle n'était jamais avare de son temps, elle leur conseillait des livres, ce genre de choses. »

Je me rapproche de la porte d'entrée, dans l'espoir que ses yeux, à défaut de ses pieds, me suivront.

« À propos de quoi vouliez-vous me voir, shérif ?

– Ligeia Mosely. Au lycée, vous la connaissiez, non ?

– Je crois.

– Vous "croyez" ?

– Oui. On n'était pas amis, ni rien. Je savais simplement qui c'était.

– "Qui *c'était*", répète Loudermilk. Vous avez donc appris qu'on a retrouvé son corps à Panther Creek ?

– Je l'ai lu dans le journal.

– J'ai remarqué ça », me signale-t-il. Et d'un mouvement de tête il montre le journal replié. On aperçoit en haut de la page « Les restes identifiés », en caractères gras, à l'encre noire. « Alors vous n'étiez pas amis ?

– Comme je viens de vous le dire, shérif, je savais qui c'était.

– Mais vous n'étiez pas de sa bande ?

– Exact.

– Angie Wellbeck soutient le contraire.

– Angie Wellbeck ?

– C'était une amie de lycée de Ligeia, jusqu'à ce qu'elles se brouillent. Après l'appel que nous avons lancé, Angie est venue me voir. Selon elle, Ligeia et vous traficotiez quelque chose, et vous lui avez donné de l'argent. Angie ne savait pas tout à fait combien, mais elle a tout de même précisé qu'il s'agissait d'une liasse de billets, et que le premier était de vingt dollars.

– Je ne sais pas… »

Loudermilk lève une main.

« Angie a reconnu que Ligeia vendait de la drogue, mais en consommait davantage qu'elle n'en vendait. Voilà pourquoi elles s'étaient brouillées : Ligeia empruntait de l'argent qu'elle ne remboursait pas. Ou n'arrivait pas à rembourser, parce qu'elle devait de l'argent ailleurs.

– Je ne sais rien de tout ça.

– Vous avez besoin de boire un coup ? s'informe Loudermilk. Je vous trouve un peu nerveux.

– Qu'est-ce qui vous amène, shérif ?

– Je suis curieux de savoir pourquoi vous auriez donné de l'argent à Ligeia Mosely, c'est tout.

– Je ne lui ai pas donné d'argent.

– Pourquoi Angie Wellbeck irait-elle mentir à ce propos ?

– Je ne sais pas, dis-je, m'exprimant avec lenteur pour affermir ma voix. C'était il y a quarante-six ans. Elle doit me confondre avec quelqu'un d'autre.

– Non, Angie est sûre que c'était vous. Elle a dit que vous aviez le visage boutonneux, les cheveux blonds, et que vous étiez maigre comme un clou. L'acné a disparu, mais il reste quelques traces de blondeur dans vos cheveux gris ; et vous n'avez toujours pas grand-chose d'un M. Univers, pas vrai ?

– Elle se trompe, shérif. Je suis navré que Ligeia Mosely soit morte, mais je n'ai rien à voir là-dedans. »

Loudermilk se frotte la nuque. Il regarde au-dessus de ma tête, puis ses yeux reviennent se poser sur les miens.

« J'ai failli envoyer un de mes adjoints, mais je suis venu par respect pour votre mère. Maintenant, je m'en félicite. Nous savons qu'à Daytona Beach, juste avant d'arriver chez nous, Ligeia avait été arrêtée pour possession de médicaments sur ordonnance, et après ce que m'a raconté Angie Wellbeck je me suis dit que c'était une histoire de dealer à qui elle devait de l'argent – un dealer de Daytona, parce qu'elle répétait sans arrêt à Angie qu'elle allait partir à Miami, pas à Daytona. J'espérais qu'en votre qualité de client vous m'auriez conduit à quelqu'un qui connaîtrait peut-être quelqu'un d'autre. Un truc dans ce genre. Mais à présent… »

Je commence à parler, mais Loudermilk me coupe aussitôt la parole :

« Dites-moi, Matney, depuis que je suis arrivé, vous êtes agité comme un chat dans une salle pleine de rocking-chairs ; et votre journal est replié à la page qui parle d'elle. Ce n'est pas un rien bizarre, tout ça ? Écoutez, je ne suis pas venu vous accuser de quoi que ce soit, mais je dois à la famille Mosely de découvrir la vérité sur ce qui s'est passé.

– J'ai dit que je savais qui c'était.

– Vous êtes sûr de ne pas avoir besoin de boire un coup ? demande Loudermilk. Ça vous aiderait peut-être à vous rappeler certains détails. Moi, je ne bois pas, mais j'ai conscience qu'on boit bien souvent pour oublier. Non mais c'est vrai, regardez-vous donc, avec votre frère et votre grand-père, tous les deux médecins, et vous qui restez terré à vous noyer dans l'alcool. Il y a peut-être quelque chose que vous voulez oublier concernant Ligeia Mosely.

– Vous avez lu trop de bouquins de psycho à quatre sous, shérif.

– Non, c'est mon opinion personnelle, mais vous avez probablement raison. Tout homme qui prend le volant en ayant bu alors que sa fille est dans la voiture ne se soucie guère de faire du mal à son prochain.

– C'est donc de ça qu'il s'agit, shérif, de mon inculpation pour conduite en état d'ivresse ? *Inculpation*, pas condamnation.

– Je n'ai pas apprécié que vous vous en tiriez, mais j'ai appris qu'un avocat malin dénichait toujours un défaut de procédure – je parie que c'est une somme rondelette que votre frère lui a versée. Mais non, il ne s'agit pas de ça. Il s'agit de savoir pourquoi quelqu'un a égorgé une jeune fille de dix-sept ans. » Loudermilk se tait et me dévisage. « Vous êtes étonné », souffle-t-il alors.

Étonné, oui, mais c'est davantage la brusque sensation d'apesanteur ressentie lorsque s'ouvre une trappe. Pendant quelques instants, nous ne parlons ni l'un ni l'autre.

« Je suis étonné, car tout ce que je sais de cette affaire c'est ce qu'a rapporté le journal.

– Autrement dit ? demande Loudermilk.

– Que la cause de la mort n'était pas encore connue.

– Ça, c'était avant que les médecins légistes de Raleigh n'y jettent un coup d'œil. Un instrument à la lame bien aiguisée, peut-être un couteau, ou peut-être pas, a pénétré dans le haut de sa colonne vertébrale, si profondément qu'il a bien failli lui couper la tête. Bref, revenons à l'argent que vous lui avez donné. C'était pour de la drogue, non ?

– Je ne lui ai pas donné d'argent, ni pour de la drogue ni pour quoi que ce soit d'autre.

– Prenez garde, Matney, votre attitude redevient celle d'un coupable, à l'instant même où je me disais que vous n'étiez peut-être au courant de rien, après tout. Écoutez, vous savez que je ne peux pas vous inculper pour avoir acheté de la drogue il y a si longtemps. Toutefois, ce type de prescription ne s'applique pas au meurtre. Alors, un nom ou des noms, même si vous pensez qu'ils n'avaient rien à voir avec ça. Je ne vous en demande pas plus.

– Je ne sais rien de tout ça, shérif.

– Alors pourquoi lui avez-vous donné de l'argent ?

– Je ne lui ai pas donné d'argent. Sa copine se trompe. »

Loudermilk penche imperceptiblement la tête. Ce n'est pas un imbécile, pourtant il est loin d'être aussi futé qu'il le croit. L'avocat l'a bien montré au cours de mon procès pour conduite en état d'ivresse : le temps qu'il en ait terminé avec lui, le shérif s'était contredit une bonne dizaine de fois. Du menton, il désigne la bouteille de Jack Daniel's.

« D'accord, vous avez probablement bousillé assez de matière grise pour ne pas vous souvenir. Vous avez bu, ce matin ?

– Non.

– Dommage. J'aimerais que vous vidiez cette bouteille et que vous preniez votre voiture, parce que si je vous coince encore une fois, bordel, même le gouverneur n'arrivera pas à vous aider ! Je m'arrangerai pour que tous les journaux de l'État le sachent, et sachent ce qui s'est passé la dernière fois. Et je n'épargnerai pas Bill. Il a eu tort de tirer d'affaire le sinistre crétin que vous êtes, même s'il s'agit de son frère. »

Loudermilk lève la main droite et replie sa paume ouverte à la verticale, à la façon dont on actionnait autrefois le levier de retour à la ligne de la machine à écrire. C'est un mouvement étrange, peut-être un geste pour prendre congé, comme lorsqu'on passe à un nouveau paragraphe, à un nouveau sujet. Il abaisse la main.

« Il y a deux ou trois autres personnes avec qui Angie Wellbeck m'a suggéré de prendre contact, reprend-il, des types que Ligeia connaissait, des voyous. Sylva est une petite ville, et les petites villes finissent toujours par révéler leurs secrets. Je risque de découvrir grâce à quelqu'un d'autre que vous êtes lié à cette affaire, ce qui pourrait mener à une inculpation pour entrave à la justice, donc s'il y a quelque chose que vous avez "oublié" de me raconter, ou si vous voulez dire ce que vous avez sur le cœur, appelez-moi. »

Loudermilk sort, monte dans sa voiture et s'en va. De la sueur coule le long de ma colonne vertébrale. J'ai le front qui brille, ce que le shérif a sûrement remarqué. Je ne quitte pas des yeux la bouteille de Jack Daniel's. Une gorgée de whiskey et, selon la loi, je ne suis pas ivre. J'en balance donc un fond de verre dans le gobelet en plastique. Ma main tremble lorsque je le porte à mes lèvres, mais je n'avale pas immédiatement. Non, je baisse les paupières et laisse la douce brûlure de l'alcool envahir ma langue. J'inspire par les narines, savoure l'arrière-goût tourbeux au fond de ma bouche tout en déglutissant lentement.

La main désincarnée de Léonard de Vinci m'apparaît alors avec une violence presque hallucinatoire, me fait signe et me ramène à un après-midi d'enfance où Bill a pressé une lame contre ma chair, avant d'inciser. Il avait douze ans et moi sept. Une maison abandonnée depuis longtemps, soi-disant hantée, se dressait derrière le centre de loisirs du comté. Un après-midi, après notre baignade, Bill a voulu l'explorer. Je ne voulais pas y aller, mais il m'y a forcé en me promettant un milk-shake au Pike's Drugstore. Je le suivais en haut des marches de la galerie quand une écharde de bois pourri s'est logée dans mon pied.

« Vous saviez pourtant qu'il ne fallait pas entrer dans cette vieille bicoque, a lancé Grand-père quand Bill m'a amené à son cabinet. Vous avez eu une sacré chance qu'une planche n'ait pas cédé, de ne pas vous être cassé quelque chose.

– Je suis désolé, a dit Bill.

– Ça ne suffit pas, mon garçon », a répondu Grand-père alors que, le pied blessé en position fléchie, j'attendais sur la table d'examen en le regardant avec effroi poser sur la paillasse le plateau d'instruments étincelants et redoutables.

Après avoir fait venir Shirley pour préparer l'injection de lidocaïne, Grand-père a tendu de la gaze et un flacon de Betadine à Bill.

« Nettoie le pourtour de la plaie », lui a-t-il ordonné.

Bill a hésité, puis imbibé la gaze et délicatement badigeonné la tendre zone centrale de mon pied, en s'arrêtant chaque fois que je grimaçais de douleur. Shirley a confié l'aiguille et la seringue à Grand-père, tandis que Bill laissait tomber la gaze dans la poubelle et posait le flacon de Betadine sur la paillasse.

« Tu n'as pas terminé, a lancé Grand-père tout en lui fourrant la seringue dans la main droite.

– Je n'ai jamais fait de piqûre, a balbutié mon frère.

– Parfait. Ce n'est donc pas une mais plusieurs leçons que tu vas tirer de tout ça aujourd'hui.

– Mais non ! a protesté Bill. Je ne sais pas comment on s'y prend.

– Tu l'as déjà vu faire, a assuré Grand-père, moqueur.

– Je sais qu'il faut endormir tout autour, a reconnu Bill, mais je ne sais pas à quelle profondeur il faut piquer, ni quelle dose il faut injecter chaque fois.

– Si tu ne piques pas assez profond, mon garçon, je te préviendrai et tu pourras recommencer. Si la dose n'est pas suffisante, tu le sauras très vite », lui a froidement déclaré Grand-père.

Bill s'est tourné vers Shirley, dans l'espoir de la voir proposer son aide, alors qu'il savait tout autant que moi que, pas plus que Nebo, elle n'aurait su braver Grand-père.

« Il faut ouvrir le pied pour en extraire cette écharde, ce qu'on peut faire avec ou sans lidocaïne, a repris Grand-père en se tournant vers moi. Veux-tu oui ou non que ton frère t'endorme le pied ? »

J'ai dit que je voulais ma mère, et entre deux grands essuyages de larmes j'ai prétendu que l'écharde ne me faisait plus mal et que je voulais qu'on la laisse où elle était. Grand-père a pris le bistouri sur le plateau, a désigné d'un mouvement de tête la seringue dans la main de Bill.

« Vous avez choisi, les garçons ? »

Shirley a sorti d'un meuble une aiguille et une seringue.

« Comme ça, Bill, a-t-elle dit avant d'enfoncer l'aiguille de biais dans le haut de son bras. Tu vois, juste sous la peau. » Elle l'a retirée lentement, l'a de nouveau posée de biais, deux ou trois centimètres plus haut, et a repercé la peau. « Pique à deux reprises de chaque côté, injecte un quart de centimètre de la lidocaïne chaque fois. »

Bill a hoché la tête, mais l'incertitude assombrissait son visage lorsqu'il s'est approché de moi.

« Ferme les yeux et, autant que possible, ne remue pas le pied, Eugene. Pince-toi le bras comme je te l'ai montré chez le dentiste, a-t-il ajouté, et tu ne sentiras presque rien. »

J'ai suivi ses conseils. L'aiguille m'a quand même fait mal, et j'ai brutalement cherché à replier la jambe. Bill a alors plaqué ses mains autour de ma cheville. Pendant un horrible instant, j'ai senti se balancer l'aiguille qu'il avait lâchée. Puis il l'a reprise avec fermeté et a injecté le produit.

« Arrête de faire ta chochotte, a aboyé Grand-père. Tu m'entends, mon garçon ? »

J'ai relevé les paupières, pensant qu'il me grondait, mais son regard furieux était braqué sur Bill, dont les yeux – et à ma connaissance ce fut la seule fois de toute notre enfance ou de notre adolescence – s'étaient emplis de larmes.

Pourtant, contrairement à moi, il les a vite séchées d'un revers de poignet. Il a posé l'aiguille et la seringue sur le plateau métallique, puis, lorsque Grand-père lui a tendu le bistouri, il l'a pris. J'ai détourné la tête et vu alors la main désincarnée levée au-dessus de nous, comme pour bénir l'acte.

« Arrête de pleurer, Eugene, et ferme les yeux, a soufflé mon frère. Ça ne fera pas mal, c'est promis. »

J'ai obéi, mais je n'ai pu empêcher mon corps de trembler.

« Tu ne dois pas bouger, Eugene, a insisté Bill en posant sa main libre sur ma cheville. Tu sens, là ?

– Je sens quoi ?

– La voilà », a-t-il annoncé quelques instants plus tard.

J'ai relevé les paupières. Il brandissait une écharde ensanglantée de pas loin de trois centimètres.

« Tu es sûr de l'avoir eue en entier ? s'est informé Grand-père.

– Oui », lui a répondu Bill.

Je l'ai regardé essuyer le bistouri sur un morceau de gaze et le reposer sur le plateau. Grand-père s'est approché pour examiner l'incision.

« Bravo ! a-t-il lancé à mon frère. Le patient devrait survivre. »

Bien que Bill m'ait demandé de ne pas l'appeler à son cabinet, je passe outre.

« Le docteur Matney ne peut pas venir vous répondre, m'annonce la réceptionniste.

– Où est-il ?

– Je n'ai pas le droit de le dire.

– Mais enfin, bordel, je suis son frère, au cas où vous l'auriez oublié !

– J'obéis aux ordres. À ses ordres, répond la réceptionniste.

– Il faut que je sache où il est, et il faut que je le sache *maintenant*, bon Dieu !

– Monsieur Matney, je vais devoir raccrocher.

– Écoutez, dis-je en m'efforçant de ne pas hurler, dites-lui de me rappeler tout de suite, que je *vais* le voir, même s'il faut pour ça que j'entre dans la salle d'opération. C'est compris ?

– Oui », siffle-t-elle.

Ensuite, tout ce que j'entends c'est une tonalité. J'ai beau reposer le récepteur sur son support, ma main reste dessus. Je repense à la photo de Sarah et à son manteau qui convenait à une ville du Nord. Mais laquelle ?... Boston ? New York ? Hartford ?

Il y a un passage dans le roman de Nabokov, *Lolita*, où le narrateur explique la mort de sa mère en deux mots : « Un pique-nique, la foudre », expédiant ainsi une scène que ce personnage, et l'auteur lui-même, sans nul doute, trouvait trop fastidieuse pour la développer davantage. À la dernière réunion des Alcooliques Anonymes à laquelle j'ai participé, « Famille/Alcool » auraient suffi. Mais j'ai raconté mon histoire et énuméré ce que j'avais perdu : ma carrière universitaire, et peut-être même littéraire ; mon poste d'enseignant ; mon couple. Je n'ai pourtant jamais parlé de Sarah. Car cela aurait signifié abandonner tout espoir, savoir que rien ne restait plus que le vide.

ONZE

C’est un vendredi, à la mi-juillet, que Leslie a roulé six heures de Virginie jusqu’à Sylva. La photo que j’avais vue d’elle ne la montrait pas à son avantage, surtout pour ce qui était de ses yeux, de leur couleur de myrtille mûre, sans parler de leur forme en amande. Plus grande que je ne l’avais cru, aussi, un peu plus d’un mètre soixante-quinze. Elle était timide et avait tendance à se voûter un peu lorsqu’elle était gênée, peut-être parce que, comme la plupart des filles de haute taille à l’adolescence, elle avait largement dominé ses camarades des deux sexes et donc cherché à paraître plus petite. Savoir qu’elle avait autrefois douté de sa beauté me l’a fait apprécier d’autant plus. Ma mère s’est aussitôt prise de sympathie pour elle. On lui a donné ma chambre, et moi j’ai dormi sur le canapé. Le samedi, Bill et elle sont partis passer la journée dans les paysages pittoresques de la Blue Ridge Parkway, en emportant un pique-nique préparé par notre mère. J’ai donc briqué le lino du cabinet sans lui, mais je n’ai pas trimé seul. Nebo, me voyant solitaire, après avoir poussé un grognement s’est emparé de la cireuse.

Je me suis assis dans la salle d’attente pendant qu’il terminait, ses mains énormes guidant sur le sol le disque métallique, travaillant sans relâche jusqu’à ce que la dernière pièce soit faite. Une fois arrivé au bout, il a rangé la machine dans le placard et s’est assis dans un fauteuil, face à moi. Il a passé un mouchoir taché de glaires sur son front, puis sur son crâne empourpré par l'effort. Je n'avais encore jamais été seul avec lui, et c'était un peu inquiétant. Comme c'était moi qui avais la clé, j'ai feuilleté un magazine en attendant qu'il parte. Lorsque j'ai reposé ma lecture, dix minutes plus tard, il n'avait pas bougé.

« Je crois qu'il faudrait que je ferme », lui ai-je alors déclaré, mais il n'a pas prêté attention à mes paroles. Il est resté assis, les jambes écartées, les bras posés sur ses genoux. J'apercevais les formes du rasoir et de la pierre à aiguiser dans sa poche droite, et je me suis souvenu d'un rêve d'enfance particulièrement terrifiant dans lequel apparaissait ce rasoir. « Il faudrait que je ferme », ai-je répété plus fort, et comme il ne bougeait toujours pas j'ai ajouté : « Grand-père n'aime pas me savoir ici si je ne travaille pas. » Il s'est levé et il est sorti. Quand j'ai entendu le cliquètement de la tondeuse, je me suis approché de l'armoire et, comme il était fort possible qu'on ne tarde pas à constater la diminution des échantillons de Valium, j'ai empoché deux plaquettes de Méthaqualone.

Malgré le long trajet de retour en Virginie qui attendait Leslie, le dimanche, Grand-père a insisté pour qu'elle reste déjeuner. Nous sommes allés à l'église tous ensemble, mais l'interrogatoire n'a commencé qu'au moment où nous sommes arrivés chez lui. Il l'a questionnée sur sa famille et ses projets après la fac. Ses réponses, père pasteur méthodiste, mère au foyer, de même que son projet de devenir laborantine, ont suscité un hochement de tête, bouche cousue, comme si, a remarqué Bill, furieux, plus tard ce jour-là, Leslie était un chien de chasse dont on jugeait le pedigree.

Si cela n'était pas allé plus loin, il ne se serait peut-être rien passé, car, bien que les épaules voûtées de Leslie aient laissé supposer qu'elle était tendue, ses réponses ont été courtoises. Grand-père a alors épilogué sur le fait que les étudiants en médecine devraient au moins attendre l'internat pour se marier, et qu'il était convaincu que Bill le lui avait expliqué. Ma mère a tenté de détourner la conversation, mais Grand-père l'a fusillée du regard pour l'arrêter. Bill est resté silencieux, les yeux presque tout le temps rivés sur son assiette, quoiqu'il ait pris la main de Leslie dès le début du feu roulant de questions. Au moment où Grand-père a souligné que, pour des internes privés de sommeil, les enfants étaient une perspective peu judicieuse, mon frère a posé ses mains sur le rebord de la table comme s'il était prêt à la retourner sur lui. Ses bras tremblaient, et sur son visage était apparue la même rage que le jour où il avait reçu un coup de crampons.

« Ce que Leslie et moi décidons concernant notre avenir ne vous regarde pas, Grand-père », a-t-il déclaré.

Pour la seconde fois seulement, à ma connaissance, notre grand-père est tombé des nues.

« Voyons, Bill, a-t-il bredouillé, je n'ai pas l'intention de... » Puis son visage et son corps se sont raidis. C'était comme regarder une vipère cuivrée effarouchée s'enrouler sur elle-même pour attaquer. « Tu parles que ça me regarde, mon garçon, si c'est moi qui paie tes études ! a-t-il riposté. D'ailleurs tu ferais mieux de ne jamais, jamais, l'oublier ! »

Bill a repoussé sa chaise et s'est levé.

« Leslie doit s'en aller », a-t-il annoncé en la prenant par le bras pour la forcer à se mettre debout.

Après quelques adieux crispés, nous sommes partis. De retour chez nous, mon frère a porté la valise de Leslie jusqu'à sa voiture, à côté de laquelle ils se sont attardés malgré la chaleur de midi. Je les ai regardés discuter depuis la fenêtre de ma chambre. Une conversation sérieuse, suivie d'un baiser fougueux. Bill était toujours en costume, et quand Leslie a démarré mon frère s'est passé le poignet sur le front, ou peut-être sur les yeux.

« Non mais tu arrives à croire qu'il ait fait ça ? » s'est-il écrié, hors de lui, une heure plus tard, alors que nous roulions vers Panther Creek.

Évidemment que je le croyais, et je le lui ai dit.

« Je devrais retourner là-bas tout de suite et le traiter de connard, bien en face, a lancé mon frère. On ne devrait pas laisser ce vieux bonhomme vivre jusqu'à la fin de ses jours sans que ça lui arrive au moins une fois dans son existence. »

J'aurais adoré voir ça, mais Ligeia nous attendait. J'ai allumé la radio. Une chanson de James Taylor passait et je l'ai laissée, en espérant que le folk détende Bill. À la supérette, il a payé la bière et le Strawberry Hill, mais si je voulais un préservatif, m'a-t-il dit, je n'avais qu'à me l'acheter. Je suis allé dans les toilettes me servir au distributeur mural.

Quand nous sommes arrivés à Panther Creek, Ligeia était assise au bord de notre bassin. Bill n'a pas pris la peine d'installer les cannes à pêche et les moulinets. Il a arraché une bière à sa bague de plastique et il est monté le long de la rivière. J'en ai pris une pour moi, j'ai ouvert le vin et rempli un gobelet.

« Pourquoi est-ce qu'il a les nerfs en boule, ton frère ? a voulu savoir Ligeia en attrapant le vin.

– Il est en pétard contre notre grand-père. »

J'ai tiré sur l'anneau de la cannette, un petit bruit que j'attendais avec de plus en plus d'impatience. C'était comme une bouffée d'air que j'aurais retenue dans mes poumons depuis le dimanche précédent. Avant d'avaler une première lampée, j'ai mis les autres bières dans l'eau.

« Il est assez loin pour ne pas voir la came que tu as apportée à ta chérie… »

J'ai tiré les échantillons de Méthaqualone de ma poche et les lui ai tendus.

« Il n'y avait plus tellement de Valium.

– Ceux-là sont encore meilleurs, a assuré Ligeia, qui a sorti les comprimés blancs d'une plaquette et les a avalés avec une gorgée de vin. Mais de ceux-là, il y en a plein, dis ?

– Pas mal.

– Merci de m'avoir encore apporté du rabe, a-t-elle ajouté en désignant la seconde plaquette. Me défoncer, c'est la seule façon de résister à la séance de prières du mercredi soir. Dommage que je n'aie pas trois plaquettes. Avec ça, ta sirène pourrait aussi se laisser flotter pendant l'école du dimanche et le sermon. »

Elle s'est tue et a regardé vers le haut de la rivière. Bill avait disparu.

« J'ai un truc à te demander, a-t-elle annoncé. Ma frangine arrive samedi et elle apporte de l'herbe, plein d'herbe. Il y a bien par ici des gamins qui en fument, non ?

– Oui, quelques-uns.

– Parfait. J'ai besoin d'argent pour Miami – pas simplement pour le voyage mais pour l'acompte d'un appart, et tout. Si je reste ici pour de bon jusqu'en octobre, j'arriverai peut-être à engranger mille dollars. Ce sera suffisant, le temps que je touche mon premier salaire. Jimmy, le type chez qui ma frangine se fournit, il peut me trouver autant d'herbe que j'arriverai à en vendre. Tu sais, Eugene, a-t-elle ajouté d'une voix plus douce, je pourrais dealer plus que de l'herbe. Je parie qu'il y a toute sorte de camelote dans cette armoire. De la Dexedrine, de l'Obetrol, du Desoxyn. On pourrait partager les bénéfices, si tu veux.

– Je me ferais piquer à coup sûr.

– C'était juste une idée. Jimmy peut m'en procurer. Il peut se procurer n'importe quoi. L'été dernier, à la communauté, il pouvait dégotter des calmants comme un rien. On s'est éclatés jusqu'à ce que la police fasse une descente.

– Jimmy et toi, vous êtes bons copains ? »

Une truite est montée au milieu du bassin pour gober un insecte à la surface. Ligeia s'est rapprochée, a glissé un doigt dans un passant de mon jean et tiré dessus d'un petit coup sec.

« Va donc chercher le dessus-de-lit, a-t-elle proposé en sortant la bouteille de l'eau. Je te retrouve plus bas. Je vais te faire un truc nouveau, et je crois que ça va vraiment te botter. »

J'ai attrapé le dessus-de-lit sur le plateau du pick-up. Les cannes resteraient là, à moins que Bill ne veuille tenter de faire la paix avec Grand-père. J'ai sorti deux bières de la rivière avant de rejoindre Ligeia.

Elle était encore en maillot de bain. Je me suis couché à côté d'elle et je prenais le préservatif dans ma poche quand elle a posé fermement sa main sur la mienne.

« Tu n'en auras pas besoin. Allonge-toi, Eugene, je m'occupe du reste. »

Après, nous sommes restés étendus l'un à côté de l'autre un moment, puis elle s'est redressée sur les coudes. Je l'ai imitée et j'ai bu ma troisième bière pendant qu'elle sirotait son vin. Quand ma cannette a été vide, Ligeia m'a passé la bouteille à moitié pleine.

« Je n'en veux plus, finis-la.

– Pas de problème », lui ai-je répondu.

J'ai porté la bouteille à mes lèvres. Le goût sucré ne m'a pas plu, mais j'en ai avalé une autre grande lampée.

« Ça ne te plaît pas, hein ?

– Pas beaucoup, mais, comme tu dis, ça marche.

– Il nous faut de l'alcool fort. Je parie que ton grand-père boit du whiskey super cher. Tu devrais nous en piquer une bouteille.

– Il ne boit pas.

– Tu te fous de moi ?

– Non, c'est vrai.

– Quel gâchis ! Avoir du fric et ne pas s'en servir pour se sentir bien. Et, question came, il peut avoir tous les comprimés qu'il veut pour se faire monter au ciel, en redescendre, ou se mettre la tête à l'envers, il les a *gratuitement*, et il n'y touche pas ?

– Non, jamais. Jamais il ne ferait un truc pareil.

– Je parie qu'il a quand même une chouette baraque, non ?

– Elle est pas mal.

– Ce n'est pas du tout mon rêve, a-t-elle dit, d'un ton mélancolique, mais une petite maison confortable sur une plage au bord de l'océan, ça, ça serait le pied.

– Tu en auras peut-être une, un jour», ai-je remarqué.

Mais Ligeia n'a pas paru m'entendre. Son regard était fixé sur les bois.

Grâce au vin, je planais maintenant un cran au-dessus. J'en ai encore avalé une gorgée. *Du sirop contre la toux, celui qui est rouge*, ai-je songé.

« Va donc chercher Bill, a suggéré Ligeia. Dis-lui que je vais l'aider à oublier sa bouderie.

– Il vaut peut-être mieux pas que j'y aille : quand il est de mauvais poil, c'est pour de bon.

– Va le chercher quand même. »

Je me suis relevé avec lenteur, et j'ai ressenti le plein effet de la bière et du vin pendant quelques instants vertigineux avant de remonter le long de la rivière.

Bill, assis au bord du bassin, une cannette de bière posée sur un genou, regardait l'eau sans ciller.

« Ligeia voulait savoir si tu avais fini de bouder.

– Je ne boude pas. Et je ne vais pas non plus aller là où elle est.

– Pourquoi pas ?

– Parce que.

– Qu'est-ce que tu veux que je lui raconte ?

– Tu n'as pas besoin de lui raconter quoi que ce soit, sauf que je ne referai plus jamais ce que nous avons fait.

– D'accord», ai-je dit. De la tête j'ai désigné la seule bière qui restait dans l'eau. « Tu vas la boire ?

– Non, mais tu ne devrais pas la boire non plus. Il est évident que tu as déjà plus que ton compte. »

J'ai pris la bière dans la rivière et je me suis enfoncé dans les bois.

« Tout ça parce qu'il est en rogne contre votre grand-père ? s'est enquise Ligeia quand je l'ai rejointe.

– Je crois que c'est plutôt parce que sa petite amie de la fac est venue le voir ce week-end.

– Et elle l'a crevé ?

– Je n'en sais rien. C'est vraiment sérieux entre eux. Il a dit qu'il n'allait plus… euh, tu sais… avec toi.

– Bon, c'est William qui est refoulé, pas nous, hein ?

– Exact. On croirait qu'il a quarante ans. Si je mets la radio à fond, il râle plus que notre mère. »

Ligeia s'est rallongée et a fermé les yeux. J'ai fermé les miens aussi.

« Ça me plaît, ai-je remarqué, qu'on soit juste toi et moi.

– Toi et moi, c'est super, a reconnu Ligeia. Bill, il a des bons côtés, mais il peut être casse-pieds. Il bavarde de médecine et de science, et même de base-ball ! J'aime bien les livres dont tu me parles, même si je ne les ai pas lus, et discuter musique avec toi c'est géant, pas comme avec ton frère. Tu imagines la musique qui le branche ? Simon and Garfunkel ! C'est comme écouter l'accordéon de Lawrence Welk.

– Ouais. C'est nul.

– En tout cas, il vaudrait mieux qu'il ne cherche pas à me faire culpabiliser.

– Tu as bien raison, ai-je reconnu, assez fort pour que Bill risque de m'entendre, merde à William troisième du nom ! »

J'ai vidé la bouteille de vin d'un trait, puis je l'ai prise par le goulot et lancée en arc de cercle vers la rivière. Elle a heurté une pierre et volé en éclats.

« Mais enfin, pourquoi tu as fait ça ? s'est écriée Ligeia, hérissée. Je risque de me retrouver avec une saloperie d'entaille dans le pied.

– Pas de panique, lui ai-je répondu en souriant. William va devenir un chirurgien de renommée mondiale, il pourra te recoudre avec du fil à pêche. »

Même à travers les brumes de l'alcool, je savais que c'était une idiotie, comme me l'a bien fait comprendre la mine de Ligeia.

« Il faut que je me casse, a-t-elle annoncé, aussitôt debout.

– Hé ! ai-je lâché, sentant le monde vaciller au moment où je me levais à mon tour. Je t'assure, je suis désolé. Je te rassure.

– “Je te *rassure*” ?

– Je t’assure. Je t’assure, je suis désolé. C’était idiot.

– OK, a répondu Ligeia après quelques secondes.

– Tu reviendras la semaine prochaine, dis ? »

Elle s’est tournée vers moi. Son regard avait perdu son éclat et ses yeux avaient retrouvé leur expression vague et droguée.

« Bien sûr. Mais, dis, tu apporteras encore à ta sirène ses comprimés pour se sentir bien, peut-être deux ou trois de plus si tu peux ?

– Oui. »

Je l’ai accompagnée jusqu’à la rivière – c’était pourtant moi qui étais pieds nus.

« Bon, alors à la semaine prochaine », a-t-elle dit avant d’entrer dans l’eau.

Mon frère a tenu parole. Après la visite de Leslie, il n’a plus jamais rejoint Ligeia dans les bois. En plus de payer le vin, je lui achetais des cadeaux avec mon argent de poche, des babioles, à vrai dire, un bracelet en cuivre estampillé du mot « LOVE », une bague ornée d’une bouille jaune et souriante. *Ma petite amie*, voilà comment je pensais à elle. Parfois, devant la glace, je le disais tout haut, et quand j’écoutais la radio les chansons d’amour me laissaient penser que j’étais peut-être amoureux. « C’est gentil », disait-elle chaque fois, mais à part le collier elle n’a jamais rien porté de ce que je lui ai offert. Elle disait qu’elle cachait mes petits présents dans sa valise pour que son oncle et sa tante ne se demandent pas d’où ils venaient.

Bill a continué à travailler au cabinet de mon grand-père, pourtant la tension entre eux était palpable. Si Grand-père n’avait pas défendu à tout un chacun, à Sylva, de l’employer, Bill serait probablement parti. Mon frère est venu avec moi à Panther Creek encore deux dimanches, mais de toute évidence il ne s’amusait pas. Dès que nous arrivions, il s’asseyait au bord de l’eau, une bière à la main. Il ne nageait pas, ne pêchait pas, et s'en tenait à deux cannettes. C'était parfait, puisque ça m'en laissait une de plus, que je buvais même s'il me poussait à m'arrêter à trois, sans savoir que je descendais aussi la moitié du vin. Il jouait les baby-sitters, il se prenait vraiment pour ma baby-sitter.

Un soir, sans que je lui aie rien demandé, il m'a expliqué ce qui avait changé. « Quand j'ai revu Leslie, j'ai compris à quel point c'était mal d'aller avec Ligeia. C'est un manque de respect, et elle serait blessée si jamais elle l'apprenait. Je veux l'épouser. » Moins d'un an plus tard, c'était fait. Alors que nous attendions dans un vestibule que la cérémonie commence, mon frère m'a confié pourquoi. « Elle fait de moi quelqu'un de meilleur que je ne le suis en réalité », m'a-t-il expliqué.

DOUZE

Une heure après le départ du shérif, mon frère n'a toujours pas téléphoné. J'ai résisté à un autre verre, mais savoir la bouteille à portée de main est trop tentant, alors je vais chercher mes clés de voiture et je file à son cabinet. Tout du long, des souvenirs tournent comme les pages des éphémérides dans les vieux films et brouillent les événements, brouillent le temps. Je tâche de me concentrer sur une seule pensée, de déterminer sa solidité, à la façon dont je testerais des planches sur une galerie branlante. *Mon frère m'a menti.* C'est vrai, parce que Ligeia est morte égorgée, et non pas noyée. *Mais pourquoi mon frère me mentirait-il ?* La réponse évidente : *Parce que mon frère est un assassin.* Pourtant, je ne sais pas comment croire une chose pareille. L'homme que je connais aujourd'hui n'aurait pas pu faire ça. *Mais il n'est pas aujourd'hui celui qu'il était à l'époque.* Et enterrer Ligeia là-bas, la cruauté d'un tel acte, surtout à l'égard de sa famille… Bill a blessé mon amour-propre, de temps à autre, mais combien de fois volontairement ? Même les taquineries cessaient dès qu'il me voyait réellement contrarié. Nous ne nous disputions jamais, et il était rare que nous nous lancions dans ces bagarres tapageuses qui opposent souvent les frères. Sa colère contre Grand-père et contre le joueur qui lui avait flanqué un coup de crampons étaient des réactions instinctives face à des provocations. Un acte de cruauté n'exige-t-il pas une certaine dose de calcul ?

Soudain le souvenir d'un autre match de base-ball. Bill lançait, et, au premier tour de batte, un batteur a réussi un *home run*, le premier de toute la saison que mon frère ait laissé passer. Ahuri, alors que le type allait au petit trot de base en base, Bill a semblé penser : *Comment oses-tu ? Ne sais-tu pas qui je suis et qui je vais être ?* L'autre en a peut-être rajouté, a peut-être esquissé un petit sourire narquois au moment où il frappait le marbre, ou lâché une moquerie à mi-voix. Je ne sais pas. Ce que je sais, c'est qu'au moment où il s'est de nouveau approché Bill a lancé et visé droit à la tête, l'obligeant à se jeter par terre. L'arbitre et l'entraîneur se sont précipités vers la plaque. L'entraîneur a menacé Bill de l'envoyer sur le banc des joueurs, et l'arbitre a juré d'en faire autant s'il recommençait. Grand-père était assis dans les tribunes à côté de ma mère et moi. « Bien joué, fiston ! a crié le vieux bonhomme. Montre-leur que nous, les Matney, on ne se dégonfle pas. »

Versatilité, calcul, *plus* un sentiment de supériorité, et un autre élément encore – le désespoir. Qu'était prêt à faire mon frère, à vingt et un ans, s'il pensait que Ligeia menaçait l'avenir qu'il envisageait, en particulier celui auprès de Leslie ? Je songe à l'entaille dans le tuyau du masque à gaz. Une entaille dans un tuyau et une entaille dans une gorge, même résultat. Son couteau de combat, qui alourdissait la poche droite de Bill depuis l'enfance, aurait pu aisément produire cet effet. Mais imaginer sa main sur ce couteau, tranchant la gorge de Ligeia, son visage près du sien, comme il aurait fallu qu'il le soit, cette *intimité*, et puis la regarder se vider de son sang et ensuite l'enterrer.

Un autre enterrement, non pas imaginé mais remémoré. Nebo n'a pas assisté aux obsèques de Grand-père ; il était pourtant présent au cimetière, debout à l'écart, vêtu des mêmes habits de travail disparates qu'il portait toujours. Comme, peut-être, bon nombre d'entre nous qui se trouvaient là, il n'a pu croire Grand-père mort pour de bon que lorsque les mottes de terre ont commencé à s'écraser sur le cercueil. Puis il est monté dans le car, sans valise, sans rien d'autre que ce qu'il avait sur le dos et dans ses poches. On ne l'a jamais revu. Des mois plus tard, alors que ma mère et moi vendions la maison et les terres de Grand-père, je me suis aventuré dans la petite dépendance où Nebo avait vécu cinquante-six ans. Elle était aussi spartiate que je l'avais imaginée, tout ou presque y était utilitaire. La seule surprise a été un médaillon en forme de cœur laissé sur une table de chevet. Il contenait la photo en noir et blanc d'une jeune femme. Gravé au dos : « Pour mon Nabuchodonosor adoré. » Mère ? Petite amie ? Sœur ?

Adoré.

Ainsi, les gens nous étonnent. Ils sont capables de se mentir les uns aux autres, comme l'a fait mon frère avec moi, et comme je lui ai menti ce soir de septembre, à Panther Creek. Or il apparaît désormais que ces deux mensonges ne pouvaient qu'aboutir à une impondérable vérité.

En juillet, cette année-là, j'ai acheté une radio AM/FM au Pike's Drugstore. Jusque-là, je consacrais la dernière heure de ma journée à lire ou à tenter d'écrire des poèmes ou des histoires dans un cahier Blue Horse, mais à présent je passais le plus clair de ce temps le pouce et l'index sur le bouton, à chercher des stations qui jouaient la musique dont me parlait Ligeia. Les signaux allaient et venaient entre des gouffres de parasites. Au bout d'un moment, j'ai su où les trouver, du moins ceux qui parvenaient jusque chez nous. J'imaginais les antennes palpitantes de Fort Wayne et de Chicago, de La Nouvelle-Orléans et de Kansas City. Même les meilleures stations, telles que WLS à Chicago ou WKDA à Nashville, passaient des âneries du Top 40, mais ensuite j'entendais une chanson des Doors, de Jefferson Airplane ou de Big Brother and the Holding Company, ou même de temps à autre un single du Dead ou de Jethro Tull. J'ai appris à reconnaître les groupes au son de la voix, Morrison ou Joplin, ou au son de la guitare, Clapton ou Hendrix.

J'avais fait savoir à ma mère que je voulais un tourne-disque équipé de haut-parleurs stéréo pour Noël. Je dressais des listes d'albums à acheter, de groupes dont je n'avais jamais entendu parler avant l'arrivée de Ligeia. Fin juillet, j'ai trouvé une station encore bien meilleure, non pas à des milliers de kilomètres mais dans le comté voisin : à Waynesville, il y avait une petite station FM qui passait des gospels et de la country toute la journée, puis de la pop cucul de dix-neuf à vingt-deux heures. Sauf le mercredi soir – le directeur de la station s'imaginait peut-être que ceux qui désapprouveraient étaient occupés sous les clochers disséminés dans les moindres recoins de notre territoire. En tout cas, pour une raison inconnue, on aurait cru que quelqu'un avait détourné un minibus bourré d'albums achetés à Haight-Ashbury, car l'animateur avait un penchant pour les morceaux des groupes de la côte Ouest jamais sortis en single.

C'est comme ça que j'ai entendu pour la première fois « China Cat Sunflower » du Grateful Dead, « Light Your Windows » du Quicksilver Messenger Service, et « Children of the Future » du Steve Miller Band. Mais aussi des chansons plus sombres, dont la plus sombre de toutes, « The End » des Doors, sorte de préfiguration de ce qui allait bientôt se produire à Brentwood et Altamont. En repensant maintenant à cet été-là, je me rends compte que les Doors était le groupe que j'aurais dû écouter avec le plus d'attention.

Dans mon cours d'écriture, en première année à Wake Forest, j'ai rédigé une dissertation. Je racontais que j'avais écouté ces stations et imaginé les villes en ébullition sous leurs pylônes pareils à des échasses, je disais qu'un jour je visiterais ces villes et que j'en ferais peut-être le sujet de mes romans. Je me souviens de ma quête de la bonne métaphore filée : les parasites, tel du sable que je tamisais pour y trouver des pépites d'or, les pylônes radio, semblables aux signaux lumineux des phares, qui me montraient la voie par laquelle je pourrais, comme Wolfe, échapper aux montagnes « emprisonnantes ». J'avais choisi l'image des bouteilles rejetées par des vagues de son sur une île déserte, chacune d'elles contenant le même message : « Quitte l'île à la nage et nous serons là pour te sauver. » « B+ », a noté mon prof, me pardonnant ma prose ampoulée et mon angoisse existentielle à la Shelley, mais pas deux mots mal orthographiés, ni un modificatif mal placé. « Il était comme un homme debout sur une colline au-dessus de la ville qu'il a quittée, et pourtant qui ne dit pas "La ville est proche", mais qui tourne son regard vers les crêtes lointaines s'élançant vers le ciel », écrit Thomas Wolfe à la fin de *L'Ange exilé*. Ces mots, je les ai adressés au miroir de la salle de bains, cet été-là, et j'ai pensé à Wolfe à New York, qui écrivait entre deux voyages à l'Ouest, et à Hemingway, qui passait des cafés parisiens aux velds africains.

« Tu es le mec le plus gentil que j'aie jamais fréquenté », m'a dit Ligeia, deux dimanches après la visite de Leslie.

Elle tenait dans ses mains la chaîne et le petit hippocampe en argent que j'avais achetés la veille à la bijouterie Brock. Quand j'ai demandé si je pouvais la lui passer autour du cou, elle a rassemblé ses cheveux et dégagé sa nuque. J'ai embrassé sa peau claire avant d'attacher le fermoir.

« Tu crèves d'envie qu'on s'y mette, hein ? a-t-elle remarqué en entamant l'une des trois plaquettes de Méthaqualone que j'avais apportées. Dès que j'aurai avalé ma came, moi aussi je serai prête. »

Après, nous sommes restés étendus sur le dos. Les fleurs suaves du chèvrefeuille alourdissaient ma langueur. *Il ne peut rien exister de meilleur.* C'est ce que j'ai pensé, cet après-midi-là : la nymphe Calypso avait débarqué en Caroline. Nous nous sommes assis pour finir le vin.

« Sur la station de radio dont je t'ai parlé, ai-je signalé tout en remplissant mon gobelet, l'animateur a passé *The Jimi Hendrix Experience*.

– C'est un super guitariste. Putain, il faudrait au moins que je me trouve un transistor, parce que je suis coincée là-haut jusqu'en octobre.

– C'est vrai ?

– Ouais. Mon vioque n'arrête pas de dire à oncle Hiram que ce patelin m'a fait tellement de bien que je devrais rester pour ma terminale. Mais c'est de la foutaise. Tout ce qu'ils veulent, c'est me refourguer à quelqu'un d'autre.

– Je suis bien content de penser que tu seras encore là.

– Bon, au moins j'ai trouvé quelqu'un qui va m'aider à gagner un peu de fric. Elle s'appelle Angie Wellbeck. Je l'ai rencontrée à l'école du dimanche. Tu la connais ?

– Je sais qui c'est. Elle sera en terminale comme toi, non ?

– Ouais. Oncle Hiram et tante Cazzie aiment bien ses parents parce que ce sont des vrais culs-bénits, du coup ils me laissent traîner deux ou trois heures avec elle, le samedi. Ils trouvent qu'elle a une bonne influence sur moi, mais elle aussi c'est une rebelle, et puis elle a une bagnole, alors au moins je peux aller ailleurs qu'à l'église et au Dairy Queen. Mais le mieux, c'est que ça la branche de se défoncer, et elle sait qui d'autre aime ça, elle en connaît même qui prendraient des drogues dures que je peux faire venir de Floride. D'après elle, je peux même gagner assez pour m'acheter des fringues classiques qui me serviront à passer les entretiens d'embauche. Comme ça, j'irai dans un restau chic où on se fait de gros pourboires. » Elle a marqué un temps de silence. « Qu'est-ce qui te fout les boules ?

– J'espérais plus ou moins que tu aurais envie de rester ici.

– Si je ne retourne pas au bord de l'océan, je vais en crever. Mais tu pourras venir me voir et pieuter chez moi. Je parie que Miami te botterait. L'océan est tout près, et ils ne le laissent pas se dégueulasser comme à Daytona Beach.

– Ça a l'air sympa.

– Au fait, Tanya avait le bouquin *Des souris et des hommes*. Elle l'a laissé quand elle a déménagé, et je l'ai lu.

– Tu as aimé ?

– C'était bien, sauf que la fin ne m'a pas plu, mais l'autre bouquin, je vais laisser tomber », a-t-elle répondu. Elle a souri. « Les anges, ça ne m'intéresse pas des masses, au cas où tu ne l'aurais pas encore remarqué.

– Ça ne parle pas d'anges, en vérité. Mais plutôt de devenir adulte.

– Dans ce cas, il est trop tard pour qu'il me serve à quoi que ce soit. Bon, alors comme ça les écrivains gagnent assez d'argent pour vivre ?

– Quelques-uns, mais pour d'autres, c'est dur.

– Pourtant, j'imagine que tu n'as pas trop à t'en faire. Ton grand-père te laissera un paquet de fric, je parie, et cette grande maison. Tout ce que mes parents nous laisseront, à ma sœur et moi, c'est des meubles pourris et un pick-up déglingué. On est locataires, et la maison est tellement minable que je n'en voudrais pas, même si elle nous appartenait.

– Je ne veux pas de la maison de mon grand-père, et je ne veux pas vivre à Sylva.

– Tu as envie d'aller où ?

– Il y a plein d'écrivains qui vivent à Paris ou à New York ; comme Thomas Wolfe. C'est peut-être ce que je ferai quelque temps, mais après j'irai ailleurs.

– Où, par exemple ?

– Ernest Hemingway a habité Key West, ai-je signalé en m'efforçant de ne pas rougir, alors peut-être quelque part dans ce coin-là.

– Genre Miami, a dit Ligeia, dont le sourire s'est élargi. Du coup, tu pourrais passer du temps avec ta sirène.

– Ça me plairait. Ça me plairait beaucoup.

– Et le bouquin que tu écrirais, je pourrais être dedans.

– Absolument.

– Tu me le promets ?

– Bien sûr.

– Bon, promets-moi aussi autre chose : que tu ne parleras pas de mes taches de rousseur et que tu me donneras des yeux aussi bleus que l'océan, pas quand on le regarde de près, mais comme sur une photo ou dans un tableau. Et puis, change mon prénom, qu'il ne soit pas aussi nul et banal que celui que je porte.

– C'est tout ?

– Et donne-moi une fin heureuse, a ajouté Ligeia, dont le sourire s'est évanoui, parce que dans la vraie vie ça ne risque pas d'arriver.

– Qu'est-ce qui te fait croire ça ?

– Je ne le crois pas. Je le sais. »

Nous sommes restés assis encore quelques minutes.

« Il faut que j'y aille », a-t-elle annoncé. Mais au lieu de se lever elle a posé sa main à plat sur mon ventre, puis l'a glissée dans mon jean. « À moins que tu ne sois prêt à remettre ça. Dans ce cas, je peux rester un peu plus longtemps. Après tout, la semaine dernière c'est toi qui as eu droit à toute l'attention.

– Je n'ai pas apporté d'autre, tu sais…

– Normalement, c'est sans risque, a affirmé Ligeia, qui a stoppé sa main. Mais bien sûr, si tu ne veux pas… »

« Non, pas une seule fois », ai-je menti quand Bill m'a posé la question, deux mois plus tard.

Et si, pourtant.

Troisième partie

TREIZE

« Prévenez mon frère qu'il faut que je lui parle séance tenante, dis-je en me penchant tout contre la vitre, ou bien je passe à l'arrière.

– Je vais le prévenir, mais il est avec un patient, chuchote d'un ton dur la réceptionniste.

– Comme vous l'avez prévenu plus tôt, aujourd'hui, quand j'ai téléphoné ?

– Je l'ai *vraiment* prévenu, monsieur Matney.

– Avertissez-le, maintenant », dis-je, d'une voix qui enfle.

Elle appuie sur un bouton et je m'attends à voir apparaître un vigile. Mais c'est une infirmière.

« Dites au docteur Matney que son frère exige de le voir », lâche la réceptionniste, laconique.

L'infirmière disparaît. Bientôt un patient âgé sort du cabinet, le dos enchâssé dans une coque en plastique rigide, et Bill le suit. Alors que le malade s'avance vers le guichet de l'accueil, mon frère me fait signe d'entrer.

« Ne te donne pas la peine de t'asseoir, me lance-t-il en refermant la porte, surtout si ça concerne Ligeia Mosely. »

Il est à côté de moi, et je sens l'*Aqua Velva* qu'il continue à utiliser.

« Tu m'as menti. On ne se coupe pas la gorge par *accident.* »

Ce n'est pas de la surprise, me dis-je tout en observant son visage, *mais de la résignation à l'idée qu'un événement qu'il espérait oublié ne le soit pas, après tout.*

« Comment le sais-tu ?

– Robbie Loudermilk est passé à la maison, ce matin. Il m'a dit que la police scientifique avait découvert une entaille dans la partie antérieure de la colonne vertébrale de Ligeia. Enfin, bordel, elle avait la tête pratiquement tranchée !

– Pourquoi Robbie viendrait-il te raconter ça ?

– Angie Wellbeck, une fille du lycée, m'a vu donner l'argent pour le test à Ligeia.

– Je ne peux pas en parler maintenant. Je dois me préparer avant une opération.

– Tu ne peux pas, mon cul ! dis-je en l'attrapant par le bras. C'est plus important.

– Non, absolument pas, proteste Bill, dont la main repousse la mienne avec lenteur mais fermeté. Un accident de voiture s'est produit il y a une heure. La petite a trois ans, et si je ne stabilise pas son épine dorsale elle finira paralysée. Donc, soit je te parle, soit je lui évite de passer le restant de ses jours dans un fauteuil roulant.

– Robbie Loudermilk aura peut-être le temps de me parler, dis-je au moment où Bill tend la main vers la poignée de la porte.

– Tu ne vas pas aller le voir.

– Et pourquoi pas ?

– Parce que tu n'as pas la moindre idée de ce qui s'est passé, en réalité.

– J'en sais suffisamment.

– Mais non, dit Bill à mi-voix. Tu ne sais rien, Eugene. J'y étais.

– Pourquoi devrais-je te croire alors que tu m'as déjà menti deux fois ?

– Parce que j'ai menti pour ton bien, pas pour le mien. »

Je scrute deux yeux de la même forme et de la même couleur que les miens, l'unique attribut physique que nous ayons en commun. *Mais assassinerais-tu pour ton bien, Bill ?* pourrais-je demander ; quoique, à la suite de cette question, il y en aurait une à me poser : *Qui a fait qu'elle se trouvait à cet endroit-là, ce matin-là ?*

« Et si Loudermilk veut me revoir avant que tu ne décides de soulager ta conscience ? Angie lui a fourni quelques noms de types qui connaissaient Ligeia. S'ils font le lien entre elle et nous, il pourrait bien être en train de m'attendre à la maison.

– Alors ne rentre pas. Robbie ne saura pas où tu es. Je devrais être de retour vers dix-sept heures. Je te demande six heures, Eugene. Six heures. » Bill sort son portefeuille et me tend trois billets de vingt dollars. « Va manger un morceau ou boire un café, ou bien passe chez Malaprop et achète-toi un bouquin. Mais surtout ne rentre pas.

– Je n'ai pas besoin d'argent.

– Vas-y, prends-les. »

Je fourre les billets dans ma poche et nous sortons.

« Essaie de revenir ici un peu avant dix-sept heures, me suggère Bill lorsque nous sommes sur le trottoir. Pour ne pas te retrouver à la porte si jamais j'étais en retard. Ça ne devrait pas être le cas, mais il peut y avoir des complications. »

Mon frère franchit à grandes enjambées le passage voûté qui relie son cabinet à l'hôpital.

Ayant six heures à tuer, je ne suis pas pressé d'arriver où que ce soit, je laisse donc ma voiture sur le parking du cabinet médical et emprunte le trottoir qui longe l'hôpital, tourne à droite et pénètre en plein cœur d'Asheville. Je m'engage dans North Market Street pour passer devant la maison de Thomas Wolfe. J'avais prévu de rédiger mon mémoire sur Wolfe. Ma directrice de maîtrise m'en a dissuadé. « Wolfe est quasiment oublié de nos jours », a-t-elle objecté, ce qui me semblait une raison de plus pour le faire, afin qu'il ne soit pas oublié, ou seulement, comme l'avait écrit Wolfe lui-même, « par le vent pleuré ».

La maison jaune apparaît. Il y a un touriste dans le jardin, un appareil photo autour du cou. Quand il me voit, il tourne les talons et remonte la rue. Je m'avance sur la galerie. Ma mère m'a amené ici un dimanche, quand j'avais quinze ans, après que j'avais lu *L'Ange exilé* pour la première fois. Elle avait adoré ce roman, dont elle avait appris des paragraphes entiers par cœur, et, bien sûr, m'avait donné le prénom du héros du livre.

« C'est un bouquin qu'il faut lire quand on est jeune, sinon on passe à côté. » Je l'ai entendu dire très souvent, et apparemment c'est vrai. Comme ma mère, qui l'avait lu en seconde année à la fac de Greensboro, je l'ai découvert au bon moment. Ce jour-là nous avions visité la maison ensemble, nous avions discuté des pages situées dans les différentes pièces, et pour finir dans la chambre au premier où était mort le frère préféré de Wolfe : « mais qui peut croire au néant de Ben ? ». « Je n'ai jamais tout à fait bien compris ce passage avant la mort de ton père », m'a alors confié ma mère, tandis que nous étions plantés là, sa main resserrant son étreinte sur mon bras et ses yeux s'emplissant de larmes.

Je suis toujours sur la galerie lorsqu'un homme ouvre la porte. Il m'informe que la maison est ouverte, si je désire entrer. Je secoue la tête. L'après-midi où je suis venu ici en visite avec ma mère, un orage d'été a éclaté et nous avons attendu sur cette même galerie que la pluie et le tonnerre cessent. Elle savait que je voulais devenir écrivain, et pendant que nous attendions elle s'est tournée vers moi. « C'est incroyable, non, d'avoir la possibilité de monter voir dans cette chambre où le frère de Wolfe a rendu l'âme, et de lire ensuite les pages sur le décès de Ben, mort à la fois dans la vie et dans le livre ? Pourtant, chaque fois que je relis le roman et que j'entends sa voix, il est tout aussi vivant qu'avant, et quelque part au fond de moi je me dis que ce coup-ci, peut-être, il ne mourra pas, et puis, lorsqu'il meurt, cela me fait aussi mal que la première fois. » J'ai répondu à ma mère que je comprenais ça très bien. « Je sais, Eugene, et je sais que tu ressens les choses avec tout autant d'intensité dans la vie réelle, ce qui est parfois pénible, mais vois-le aussi comme un cadeau. Nous n'en sommes que plus vivants, plus humains. » Ma mère s'est tue. « Le matin où Bill est parti pour Wake Forest, je lui ai expliqué que, s'il s'était agi de toi, je t'aurais expliqué qu'il était tout à fait normal, au début, de se sentir seul et de vouloir rentrer chez soi, mais qu'avec lui c'était inutile. Je tâchais de rassurer ton frère, de le convaincre que pour lui tout irait bien loin de la maison, mais au lieu de ça, du moins pendant un instant, je crois bien que je l'ai froissé. C'est alors qu'il m'a lancé : "Grand-père m'a dit la même chose, donc je suis sûr que tout ira bien." Et c'est évidemment ce qui s'est passé. Il s'est écoulé pas loin d'un mois avant qu'il nous appelle. »

« C'est la dernière fois que William achète de la bière et du vin pour nous, ai-je annoncé à Ligeia, le dernier week-end de juillet. Il dit que ce n'est pas bien, mais à mon avis c'est parce que j'arrive à boire plus que lui. Il ne supporte pas de ne pas être le meilleur en tout.

– Quel couillon.

– Ouais, je sais.

– Il n'en boit même pas une ? a voulu savoir Ligeia en désignant de la tête les bagues en plastique qui retenaient deux cannettes, tandis que je tirais sur l'anneau de ma quatrième.

– Non.

– Si tu as dix dollars, je peux nous dégotter du whiskey. Angie connaît un bootlegger.

– J'ai ce qu'il faut dans mon portefeuille. J'irai te chercher ça dans le pick-up avant qu'on s'en aille.

– Bon. Tu as déjà bu du whiskey ?

– Non.

– Ça va te polir, euh, non, te *plaire*, a dit Ligeia, qui a pouffé de rire. La vache, ça fait une différence de prendre trois Méthaqualone d'un coup au lieu de deux. En tout cas, tu seras bourré plus vite et tu le sentiras descendre tout du long jusque dans ton ventre.

– Pas mal, ai-je répondu en brandissant ma cannette. Trois, ça ne me fait presque plus rien.

– La prochaine fois, j'apporterai le joint que je t'ai promis.

– Génial, ai-je dit, en m'efforçant de prononcer ce mot sans un accent de péquenaud. Pourquoi tu ne fumes jamais d'herbe, ici ?

– Je n'en ai pas besoin, avec les calmants et le vin. Je réserve l'herbe à d'autres moments. » Elle a fermé les yeux. « "*Groovin' on a Sunday afternoon*[*]", a-t-elle chantonné, pas vrai ?

– Ouais, on s'éclate.

– Mais pas ton frère.

– Non. Il en est encore à râler contre ma radio qui gueule trop fort. Il dit qu'il n'arrive pas à se concentrer. Je lui ai conseillé de s'acheter du Geritol, des bouchons d'oreilles, et puis de fermer sa putain de gueule. »

Elle a ri.

« Tu lui as vraiment dit ça ?

– Plus ou moins. Et, devine... Mercredi soir, j'ai enfin entendu "White Rabbit".

– C'est la chanson la plus branchée du monde, tu ne trouves pas ?

– Ouais, ai-je répondu en me redressant sur un coude. Et une de Moby Grape, sauf que je n'ai pas bien pigé le titre, et le nouveau groupe, le Steve Miller Band. Tu connais ?

– Non, baby, a répondu Ligeia avec un sourire endormi. Dans pas longtemps, tu seras plus cool que moi. Je parie que tu es déjà le gars le plus branché du comté, et quand tu te seras mis à fumer de l'herbe... je parie qu'à la rentrée tu échangeras ce pick-up contre un minibus. »

Les yeux toujours fermés, Ligeia a tendu la main et trouvé mon avant-bras, caressé mes poils du bout de l'index.

« Ta sirène a besoin d'un service.

– Quoi donc ?

– J'ai besoin que tu me trouves des excitants.

* *Groovin* est un single des Young Rascals sorti en 1967, à l'époque numéro un des hit-parades.

– Tu as dit que tu n'aimais pas ça.

– Moi, non, mais d'autres, oui. J'ai besoin de plus de fric. »

J'ai regardé à travers le feuillage et entraperçu Bill, assis au bord de notre bassin.

« Je ne crois pas que ce soit une bonne idée. Si tu vends les échantillons, les gens pourraient piger d'où ils viennent. Et Grand-père, si j'en prends trop d'un coup, il s'en rendra compte.

– Six ou huit comprimés, a insisté Ligeia, toujours en me caressant le bras. De la Dexedrine ou du Desoxyn, OK ? Je les sortirai d'abord des plaquettes. Hé, tu sais, moi, pour toi, je le ferais. "*With a little help from our friends**", c'est comme ça qu'on s'en sort, non ?

– D'accord, ai-je répondu au bout d'un petit moment.

– Bravo ! » s'est-elle exclamée. Et elle s'est rallongée sur le dos. « Merci, Eugene. Sans blague. »

Après une quatrième bière, mes soucis ont commencé à s'envoler, et à la sixième, ayant avalé quelques grandes lampées de Strawberry Hill, j'étais, pour la première fois, vraiment bourré au point de marcher à quatre pattes. Le flot de lumière qui inondait les lieux avait libéré quelque chose en moi. *Libéré*, bien que *produit* soit peut-être un mot plus juste. Alors qu'en titubant je remontais le long de la rivière chercher mon portefeuille, Bill était toujours assis au bord du bassin. *Il a l'air seul*, ai-je pensé, *c'est nouveau pour lui, comme de ne plus être le chouchou de Grand-père. Et je suis bien content qu'il connaisse ça.*

Quand Bill m'a vu, il s'est dirigé lui aussi vers le pick-up.

« Je reviens dans une minute, ai-je bredouillé, tout en prenant le billet dans mon portefeuille.

– Qu'est-ce que tu vas faire de cet argent ? » a-t-il voulu savoir.

* « With a Little Help from My Friends » : chanson des Beatles figurant sur l'album *Sgt Pepper's Lonely Hearts Club Band* (1967).

Mais je ne lui ai pas répondu et je suis reparti donner mes dix dollars à Ligeia.

« N'oublie pas les amphètes, m'a-t-elle rappelé, autant que tu peux en avoir, baby.

– Et des lions, et des tigres, et des ours, oh mon Dieu ! » ai-je chanté, comme dans *Le Magicien d'Oz*, en pouffant de rire tandis qu'elle traversait la rivière.

Je suis tombé deux fois avant d'avoir rejoint le pick-up. Au moment où j'émergeais des rhododendrons, j'ai souri à Bill.

« Des lions, des grands frères et des ours, oh mon Dieu ! » ai-je fredonné.

Et j'ai ri si fort que je me suis recassé la figure.

Sur le trajet du retour, Bill n'a pas pipé. À vrai dire, je ne lui en ai pas tellement laissé l'occasion. J'ai mis la radio à fond, puis je suis passé de station en station du Top 40 pour écouter du rock, tapant comme un sourd sur le tableau de bord et chantant en chœur quand je suis tombé sur « Light My Fire ». Nous étions presque arrivés à la maison lorsque mon frère a tourné dans le parking de la poste et éteint la radio. Il a tiré de sa poche un rouleau de pastilles de menthe, et il en a pris une avant de me les lancer.

« Fourre-toi le reste dans la bouche et dessoûle en vitesse.

– Oui, oui. »

Alors que je croquais les pastilles à grand bruit, le goût intense de la menthe m'a empli la bouche. Bill n'a pas tendu la main vers la clé de contact. Pour je ne sais quelle raison, la gravité de son visage m'a fait penser à Elmer Fudd.

« *Ehhh, quoi de neuf, docteur ?* ai-je lâché, en tâchant de prendre une voix à la Bugs Bunny.

– Je vais te dire deux ou trois choses, pour ton bien, m'a-t-il répondu. Tu bois, et ça devient incontrôlable. J'ai aussi reparlé à Tanya. Ligeia ne se contentait pas de prendre de la drogue, elle s'est fait pincer en train d'en vendre. Des médicaments sur ordonnance, Eugene. C'est grave. Elle a eu une sacrée chance qu'on ne l'ait pas expédiée en maison de redressement.

– Tiens donc ! Ligeia est tout à coup la pire personne au monde.

– Ce n'est pas ce que je dis, Eugene. D'après Tanya, Ligeia en a salement bavé quand elle était petite. Son père n'a jamais réussi à garder un boulot, et apparemment sa mère est une vraie garce. Mais ça ne change rien au fait qu'elle s'est attiré de graves ennuis, et en compagnie de gens qui n'avaient pas ton âge, ni même le mien. Le type avec qui on l'a arrêtée avait trente ans.

– Alors qu'est-ce que tu dis, William ? Que quelqu'un de mon âge ne peut pas lui plaire ?

– Non. Tout simplement que je ne veux pas que tu deviennes trop proche de quelqu'un qui pourrait t'attirer de graves ennuis.

– Ça ne te préoccupait pas, en juin.

– Je n'en savais pas autant, à ce moment-là. Sinon, j'aurais commencé par éviter qu'on devienne copains.

– Tu ne supportes pas ça, hein ?

– Je ne supporte pas quoi ?

– Que Ligeia m'aime bien et pas toi, qu'elle se fiche pas mal que tu aies un teddy ou l'intention de devenir médecin.

– Ça n'a rien à voir, Eugene.

– Je crois que si. »

Mon ventre bouillonnait et un jet de bile m'est monté à la gorge, mais je l'ai refoulé. J'ai passé ma langue sur mes dents et délogé des fragments de pastille de menthe pour aider à en atténuer le goût.

« Je ne t'emmènerai plus là-bas, a décrété mon frère.

– Très bien. Je prendrai la voiture de maman. Ligeia peut nous dégotter du whiskey, alors je n'ai plus besoin de toi pour rien.

– Tu ne prendras pas non plus la voiture de maman.

– Tu parles ! Tu ne peux pas m'en empêcher.

– Mais maman, oui, si elle sait pourquoi tu vas là-bas.

– Et jusqu'où entreras-tu dans les détails, quand tu lui expliqueras qu'*on* y était, là-bas ? Tu sais, Bill, je peux raconter certains trucs à Leslie, la prochaine fois qu'elle téléphonera.

Je pourrais te battre de vitesse pour décrocher, ou l'appeler moi-même, ou lui envoyer une lettre. Ou bien Ligeia et moi on pourrait lui écrire tous les deux. Ligeia pourrait même l'avertir que, comparé à moi, tu n'es pas une affaire. »

Le moteur du pick-up tournait au ralenti. Je sentais sa vibration dans les semelles de mes chaussures. Je savais que mon frère attendait que je lui dise : « Hé, pour Leslie, c'est une blague », ou que je reconnaisse qu'il avait raison et que je ne devais plus retourner à Panther Creek. Mais je n'ai pas pipé mot.

« D'accord, a-t-il soupiré. Mais si tu y vas en voiture, tu sais que tu ne peux pas boire autant. Si tu te faisais choper au volant en ayant picolé...

– Ouais, ouais. Mais ce n'est pas parce que tu ne veux pas t'amuser que je ne dois pas m'amuser non plus, et c'est pareil pour Ligeia – parce que moi je n'ai pas peur de lui donner ce qui lui plaît.

– Mais qu'est-ce que tu racontes ?

– Rien, ai-je répondu, conscient de ma gaffe, malgré les brumes de l'alcool. Je lui offre des colliers, et des petits bidules qui lui plaisent. C'est tout. »

J'ai rallumé la radio et monté le volume. Bill a attendu encore un petit peu avant de démarrer. Nous avons traversé la ville pour rentrer chez nous. Au moment où nous nous garions dans l'allée, il a tendu la main pour me toucher le bras.

« Tu ne ferais pas ça, téléphoner à Leslie, lui écrire, ou donner son adresse à Ligeia ?

– Non, mais comme dit Ligeia, je baise beaucoup mieux que toi. Alors il vaudrait mieux que tu ne donnes pas l'info à Leslie, sinon, la prochaine fois qu'elle viendra, elle pourrait décider de dormir avec moi sur le canapé. »

Ça fera l'affaire, me suis-je dit, tandis que sur le volant les jointures de Bill blanchissaient. *La douleur n'est pas si forte quand on est bourré.* C'est ce que j'ai pensé juste après.

« Tu es bourré. Autrement... »

Bill est descendu du pick-up et a claqué la portière. Il n'est pas entré dans la maison, mais s'est dirigé vers la ville. Par peur de ce qu'il risquait de me faire s'il perdait le contrôle de lui-même, ou de ce que je risquais de lui faire.

Ma mère était à la cuisine, mais je suis monté droit dans ma chambre, j'ai fermé la porte à clé et je me suis allongé. Le lit oscillait comme l'aiguille d'une boussole. Quand il a enfin retrouvé sa stabilité, je suis resté étendu sur le dos et j'ai souri au plafond. Puis j'ai exprimé mes pensées tout haut : *Mon frère est jaloux de moi. Mon frère a peur de moi.*

QUATORZE

Je tourne à gauche dans Walnut Street, en sachant que je tomberai sur un café avant de tomber sur un bar. Ma serveuse porte les piercings et les tatouages de rigueur dans la profession à Asheville. Je m'installe face à la devanture et bois tranquillement mon café. Au bout d'un moment, je commande un sandwich. J'ai rogné mon attente d'une heure avant de repartir à pied vers Pritchard Park. J'observe quelques deals de drogue pas si clandestins que ça, la dérive des sans-abri d'un angle du parc à l'autre, sans qu'ils s'aventurent jamais plus loin. Ils ressemblent à des oiseaux que j'ai vus un jour dans un zoo, pour seule cage l'obscurité environnante, quoique ici l'obscurité vienne de l'intérieur.

Les ivrognes de longue durée sont faciles à repérer – le teint d'argile grise des noyés, les petits pas précautionneux appris à force de trop de glissades et trop de chutes. Je devine lesquels ont fait des études supérieures, été promis à de brillantes carrières. J'en repère plusieurs, un à cause de sa façon de se tenir, un autre qui paraît honteux d'être là, et un troisième qui me lance un regard furieux et méprisant. *Moi aussi je connais ton histoire*, semblent dire ses yeux, *et je la trouve assommante.*

Six mois avant l'accident, en sortant d'un bar de Waynesville j'avais été inculpé pour conduite en état d'ivresse. J'avais mis au point un rituel afin de ne pas me faire piquer : commander un demi-litre de café avec mon dernier verre, pour être plus réveillé, mais aussi pour masquer le whiskey. Mâcher du chewing-gum était évident. Ce qui comptait le plus, c'était de compenser l'effet de l'alcool en roulant dix kilomètres en dessous de la limite de vitesse : plus lentement mais pas au point d'attirer l'attention. Ni radio allumée ni CD dans le lecteur. Je me concentrais sur la partie comprise entre la ligne médiane et celle qui bordait la route, et je ne regardais rien d'autre. La méthode s'est révélée efficace jusqu'à un contrôle de police, un soir. Le flic m'a demandé de souffler dans le ballon, puis, comme j'ai refusé, de me soumettre à un test de dépistage de drogue dont j'ai cru, à tort, pouvoir me tirer sans difficulté.

Kay a téléphoné à Bill, qui a payé ma caution et m'a ramené à la maison. Tous les trois, nous avons discuté autour de la table de la cuisine pendant que Sarah dormait dans sa chambre. Une « intervention », c'était le terme que l'on commençait tout juste à employer pour désigner ce genre de conseil de famille. Bill a proposé des réunions aux AA, et Kay est tombée d'accord. « Une réaction disproportionnée », ai-je objecté, pourtant j'ai promis que boire et conduire c'était terminé, et l'alcool en semaine aussi. « Si cela se reproduit, m'a averti Kay, Sarah et moi on s'en va. »

J'avais donc compris la leçon. Je buvais à la maison et uniquement le week-end, quoique les week-ends aient bientôt inclus les soirées du jeudi et du dimanche. Un de ces soirs-là, Sarah était à une répétition de théâtre scolaire. Le metteur en scène, souffrant, y a mis fin au bout d'une demi-heure. La réunion de Kay au Sierra Club* ne se terminerait pas avant vingt heures trente. « Je suis dehors et il fait froid, papa », s'est lamentée Sarah. Je suis arrivé jusqu'à elle sans encombre, mais sur le trajet du retour

* Le Sierra Club est une association américaine écologiste fondée en 1892, à San Francisco, dans le but de protéger la Sierra Nevada. C'est la plus ancienne, et aujourd'hui la plus influente, ONG vouée à la protection de l'environnement.

elle a voulu parler de la pièce. C'est peut-être ce qui a changé la donne. À un ou deux kilomètres de chez nous j'ai cessé de rouler entre les lignes.

Je me suis seulement démis une épaule, mais Sarah a eu une estafilade au front et une si vilaine fracture à la jambe qu'un policier a blêmi à sa vue. J'ai regardé les toubibs gonfler une attelle en matière plastique autour de la jambe et déposer ma fille avec précaution sur une civière. Je leur ai dit de l'emmener au Mission Hospital à Asheville, pas à Waynesville, et là-bas de demander qu'on prévienne le docteur Matney. Je n'ai pas cessé de réclamer cela alors même que le policier faisait claquer les menottes sur mes poignets.

« Tu m'as l'air d'avoir besoin d'un petit remontant », lance une voix.

Un jeune homme aux cheveux longs, qui n'a probablement pas encore trente ans, a quitté le parc et s'est glissé à côté de moi. Malgré la chaleur de cette journée, il porte une veste de camouflage. Il ouvre la poche la plus proche de moi et j'aperçois l'ampoule ambrée d'un médicament sur ordonnance.

« Non merci. »

Je pivote sur mes talons et pars chez Malaprop jeter un coup d'œil aux rayonnages, histoire de tuer un peu le temps. Je vois une nouvelle édition de *You Can't Go Home Again**, très élégante, et je l'ouvre, mais je ne réussis pas à me concentrer suffisamment pour donner le moindre sens à ce qui m'apparaît comme de simples taches d'encre, alors je repose le bouquin sur l'étagère et repars dans Walnut Street. Quand j'arrive à la maison de Thomas Wolfe, je monte sur la galerie et m'assois dans l'un des rocking-chairs. Je pense à lui, qui a dû voir le corps de son grand frère porté sur cette galerie, puis descendu

* *You Can't Go Home Again – L'Ange banni*, L'Âge d'Homme, 1985 – est un roman de Thomas Wolfe publié en 1940, deux ans après la mort de l'écrivain.

en bas des marches. Je me demande dans quelle mesure le portrait qu'il en avait fait aurait été différent si Ben avait vécu. Quels traits de caractère négatifs, si présents dans les descriptions de ses autres frères et sœurs, aurait-il peut-être ajoutés ?

J'essaie de me remémorer davantage d'éléments de cette soirée de fin septembre, lorsque mon frère est rentré. Il a pris une douche, mais longtemps ou pas ? Y a-t-il eu un peu de terre, peut-être de sang, sur le carrelage ou le lavabo de la salle de bains ? Et le lendemain matin, des égratignures sur ses mains ou sur son cou, sinon sur son visage ? Et son couteau ? A-t-il été remplacé ou « perdu » ? Pourtant, si autrefois j'ai remarqué ces détails, il n'en reste rien. « Rien que des restes », selon le journal. Un vide tellement épouvantable dans ce mot ; même *ossements* permet un certain rapport visuel, quelque chose qu'on peut au moins imaginer.

Je retourne au cabinet de mon frère par un chemin détourné. Le soleil brille, les musiciens de rue sont donc de sortie et jouent de tout, avec plus ou moins de savoir-faire, de Earl Scruggs jusqu'à Mozart. En remontant Church Street, je passe devant un magasin de vieux disques. Il en sort de la musique diffusée par la station de rock classique d'Asheville. Il y a certains souvenirs que l'on entend avant de les visualiser, alors je m'assois sur un banc pour écouter. La première chanson est trop récente pour que je la reconnaisse, elle est suivie de « Black Water » par les Doobie Brothers. C'est la troisième qui déclenche le souvenir, non pas de Bill, mais de l'après-midi où Ligeia a apporté un joint.

« Retiens la fumée le plus longtemps possible », m'a-t-elle recommandé avant de me le passer.

J'ai suivi son conseil, et je me suis retenu de tousser. J'ai bu du whiskey à la bouteille, une brûlure venant après l'autre.

« Inspire à fond, baby. »

J'ai tiré trois autres bouffées, toujours en me retenant de tousser. Ligeia a fait tomber la cendre du bout du doigt et rallumé ce qui restait.

« Ouvre grand », m'a-t-elle demandé.

Puis elle a porté le joint à ses lèvres, a tiré dessus, et s'est ensuite penchée pour me souffler la fumée dans la bouche. Je l'ai gardée aussi longtemps que possible, et puis je l'ai rejetée, la fumée gris-blanc suspendue entre nous un bref instant avant de se dissiper.

« Là, tu devrais prendre ton pied », a remarqué Ligeia. Puis elle a montré d'un signe de tête les plaquettes de Méthaqualone et de Dexedrine. « Merci de m'avoir apporté tout ça. »

Elle a avalé un peu de whiskey, et fait la grimace.

« On ne s'y habitue pas tout de suite, hein ?

– Ce n'est pas si mauvais », ai-je répondu en lui prenant la bouteille des mains. J'ai gardé l'alcool quelques instants en bouche avant de l'avaler. « Il habite où, le bootlegger ?

– Tiens, ça va te botter. Il est dans la rue où on va à l'église, Angie et moi.

– Norman West Road ?

– Ouais. C'est sur la gauche, quelques maisons avant d'arriver à l'église. Il y a un van gris métallisé dans le jardin, sur le côté.

– C'est moi qui apporterai le whiskey, la prochaine fois.

– Et d'autres trucs comme ça ? a demandé Ligeia en désignant les plaquettes de Dexedrine.

– Je pourrai peut-être en dégotter deux ou trois, mais la Méthaqualone et le Valium, si j'en prends encore…

– Cherche du Librium, alors. C'est aussi un tranquillisant.

– D'accord.

– Les cours commencent lundi en quinze, c'est ça ?

– Ouais.

– Parfait. Jamais je n'aurais pensé m'éclater en classe, mais je serai plus libre là-bas que chez oncle Hiram. Tante Cazzie ne sort presque jamais, sauf pour aller à l'épicerie. Je file dans la grange tous les jours et je fume mes bénéfices, rien que pour éviter de devenir complètement barje. À propos, ça y est, tu le sens, l'effet de l'herbe ? »

À peine en avait-elle parlé que je l'ai senti. Tout s'est rapproché, et ensuite éloigné. *Un comprimé te fait grandir, et un comprimé te fait rapetisser*, me suis-je dit, et puis j'ai prononcé ces mots à haute voix.

« "Et ceux que maman te donne ne te font rien du tout*", a ajouté Ligeia. C'est une super chanson, non ?

– Carrément plus que super, ai-je dit en souriant. Tu sais, dans l'émission que j'écoute, ils l'ont repassée la semaine dernière, "White Rabbit". "Éclate-toi." Ça finit comme ça.

– Oui, "éclate-toi". »

Nous nous sommes récité les paroles, à la façon d'un mantra, jusqu'à ce que Ligeia se lève et montre la rivière.

« Allez, viens dans l'eau. »

J'ai avalé une autre gorgée de whiskey et je me suis levé. Le monde a tournoyé. C'était comme faire un tour de manège, sauf que j'étais sur le manège et qu'en même temps je le regardais. Sur la berge, Ligeia a ôté le haut et le bas de son bikini. Elle s'est avancée jusqu'à ce que ses seins pâles dansent sur l'eau. Contrairement à l'endroit où nous nagions, Bill et moi, ce bassin-là était entouré de plus de rhododendrons que d'arbres. Le soleil resplendissait à la surface, et pendant quelques instants j'ai cru que la partie inférieure du corps de Ligeia miroitait, couverte d'écailles argentées, et qu'elle me sommait de la suivre au fil du courant alors qu'elle regagnait son merveilleux royaume marin.

J'ai retiré mon jean coupé et je suis entré dans l'eau, mais le ciel plus vaste du bassin a amené avec lui une sensation de vulnérabilité. Ce que j'avais ressenti en juin est revenu, de

* « *One pill makes you larger, and one pill makes you small / And the ones that mother gives you don't do anything at all* » (Jefferson Airplane, « White Rabbit », 1967).

façon plus intense toutefois. Je me savais observé, sinon par Grand-père, du moins par un policier ou un garde-chasse. J'ai regardé vers l'amont, et Bill n'était pas là. *Non*, ai-je pensé. *Il n'est pas venu aujourd'hui, et c'est parce qu'il savait ce qui allait se passer.*

« Qu'est-ce qui ne va pas, baby ? s'est informée Ligeia.

– Quelqu'un nous observe », ai-je répondu. Je suis retourné sur la berge en soulevant des gerbes d'eau, et j'ai renfilé mon jean à la hâte. « Ils savent qu'on a de la drogue et ils vont nous arrêter. »

Ligeia est sortie de l'eau et nous sommes restés plantés là, immobiles, aux aguets. On n'entendait que le « toc-toc-toc » d'un pic, près de la route. *Non*, me suis-je dit, *ce n'est pas un pic, c'est quelqu'un qui utilise ce son comme un signal.*

« Il n'y a personne d'autre, ici, Eugene, a affirmé Ligeia en me prenant par la main pour me ramener au dessus-de-lit. Allonge-toi et ferme les yeux. Tu sais, baby, ça arrive que l'herbe fasse cet effet. Dans une minute ou deux, ça ira. C'est promis. »

Elle s'est installée derrière moi, a placé son bras autour de mon ventre puis a serré plus fort, ses seins nus plaqués contre mon dos, ses genoux et ses cuisses au contact des miens. Au bout de quelques minutes, je me suis senti mieux, mais j'avais désormais la certitude, et je n'en douterais plus jamais, que, malgré toutes les chansons à la gloire de l'herbe, ma drogue c'était le bon vieux truc à l'ancienne. Et maintenant que je savais où en trouver, je ne m'en priverais pas.

« Éclate-toi », Grace Slick pousse une dernière plainte, le coup de cymbale final s'éteint à l'intérieur du magasin et la chanson est terminée. Mais non, la chanson n'est pas terminée, pas dans ma tête, du moins, car une phrase brûle comme un fer à marquer le bétail :

Et la reine de cœur a perdu la tête.

QUINZE

Quand je repense à l'été 1969, je m'étonne que Sylva ait pu être aussi déconnectée du reste des États-Unis. Pour les jeunes qui ont grandi avec Internet, c'est inimaginable. Un garçon de Sylva a été tué au Vietnam, un autre gravement blessé, mais la guerre n'a jamais semblé *à l'intérieur* de notre monde. Pas plus que le mouvement pacifiste à Berkeley, les manifestations pour les droits civiques virant à l'émeute à Louisville et à New York, ou l'assassinat de Sharon Tate et de ses amis en Californie. Nous voyions ces événements sur WLOS, la station de télévision d'Asheville, la seule que nous pouvions capter, mais réduits au noir et blanc et derrière une vitre, c'était comme si nous regardions une autre planète au télescope.

Si peu de choses changeaient à Sylva. Comme dans mon souvenir le plus ancien, il y avait les mêmes magasins dans Main Street, et ce qu'on y trouvait variait à peine. Le moindre petit article occupait une place immuable. Si j'entrais au Pike's Drugstore, les barres chocolatées étaient toujours disposées devant le comptoir, les bandes dessinées à droite sur un présentoir métallique. Winkler's Restaurant affichait le même menu, d'année en année, les mêmes plats servis dans les mêmes assiettes vertes. Il arrivait que quelques infimes détails changent, une nouvelle marque de lunettes de soleil au bazar Dodd, des jeans pattes d'éléphant chez Harris Clothing, mais ces anomalies, telles les premières lézardes dans les fondations d'une maison, passaient inaperçues.

Une innocence délibérée qui masquait l'injustice et la cruauté du monde – jusqu'au nom de la ville qui était une façon nostalgique de se détourner de la réalité, d'après quelques-uns. Il y avait bien un peu de vérité dans ce genre d'opinions, mais les habitants de Sylva n'avaient pas besoin de regarder ailleurs pour connaître l'injustice et la cruauté : comme l'avait souligné le shérif Loudermilk, les petites localités finissent toujours par révéler leurs secrets.

Certains, pourtant, demeurent. Ainsi, la raison pour laquelle Shirley a travaillé pour mon grand-père une trentaine d'années alors que la plupart de ses infirmières ne tenaient pas plus d'un an. Elle ne discutait jamais ce qu'il lui demandait de faire, même s'il s'agissait d'annoncer sans ambages aux patients que le docteur Matney refusait de les soigner. Elle a vu sa colère, sa brutalité, et les a certainement subies de temps en temps, quoique, assez curieusement, je ne me souvienne pas d'en avoir été témoin. Pas plus que je ne me rappelle une seule occasion où elle l'ait remis en cause. Même cet unique et apparent acte de défi – se planter une aiguille dans le bras – pouvait être considéré comme un acte de soumission : le mauvais traitement infligé à mon frère et moi n'avait pas été contesté, mais, au contraire, en partie absorbé. Je sais fort bien que Shirley s'était enfuie de chez elle encore adolescente, et qu'elle était revenue cinq ans plus tard nantie d'un diplôme d'infirmière, mais sans bague au doigt. Elle s'était réinstallée dans la maison d'où elle avait fugué, et y avait vécu avec sa mère, puis quand celle-ci était morte elle y avait vécu seule. Ce qui s'était passé pendant ces cinq années restait ignoré de tous. Personne, pas même ses parents, n'avait reçu un seul coup de téléphone, un télégramme, ni une lettre. J'ai assisté à ses obsèques, et les commères de la ville se posaient toujours la question. Les suites de ce retour étaient pourtant manifestes. Dans une petite ville du Sud des années 1950, fugue amoureuse et divorce étaient de graves transgressions morales qui méritaient une punition. Shirley partageait peut-être cet avis et considérait que Grand-père était cette punition.

Quand je me suis réveillé, le lundi matin, j'ai dû me couvrir la tête pour échapper aux violents éclats de lumière. Si je ne m'étais pas senti si mal, j'aurais été plus vigilant, car Bill me surveillait de près depuis mon très aviné «je n'ai pas peur de lui donner ce qui lui plaît». Grand-père et lui s'occupaient d'un malade, et Shirley répondait au téléphone, lorsque je suis allé ouvrir l'armoire du couloir. J'ai fourré une plaquette de Librium dans ma poche, et je tendais la main pour prendre du Desoxyn quand les doigts de Bill se sont refermés sur mon poignet.

« Viens par là », a-t-il sifflé en me tirant d'un bout à l'autre de l'accueil et jusque sur le pas de la porte d'entrée.

Il s'apprêtait à me traîner dans le jardin, sur le côté du cabinet médical, mais il s'est arrêté lorsqu'il a entendu le raclement du rasoir de Nebo.

« J'avais espéré que c'était un bobard d'ivrogne, rien de plus, m'a-t-il lancé dans un murmure féroce. Combien de fois est-ce que tu t'es servi là-dedans ?

– Qu'est-ce que ça peut te fiche ? Tu l'as bien fait, toi.

– Je l'ai fait une fois. *Une fois*. Et toi, Eugene ?

– Lâche-moi. »

Bill m'a lâché, mais il est resté tout près pour ne pas avoir à élever la voix.

« Dis-le-moi, merde !

– Toutes les semaines depuis que tu as commencé, ai-je répondu en frictionnant mon poignet douloureux.

– "Toutes les semaines", a répété Bill en secouant la tête. Qu'est-ce qui cloche, chez toi ? Je t'avais expliqué qu'il n'en était pas question.

– J'en ai peut-être marre que tu dictes les règles.

– Ce n'est pas une affaire de règles, a sifflé mon frère. Si on découvre que ces plaquettes proviennent de chez Grand-père, il ne sera pas le seul à le savoir, ce qui serait déjà assez grave ; la police sera concernée.

– Ne te mets pas dans une rogne pareille.

– Tu m'écoutes, oui ou non ? Si le SBI* soupçonne seulement qu'on est dans le coup, nos avenirs…

– "*Nos* avenirs" ? Tu ne veux pas plutôt dire le tien ? Tu flippes parce que tu as peur que ça puisse t'empêcher d'entrer en fac de médecine.

– Ce n'est pas que ça peut, c'est certain, a assuré Bill en se rapprochant, son visage à quelques centimètres du mien. Je me suis crevé le cul trois ans à Wake Forest pour entrer à Bowman Gray, alors si tu crois que je vais laisser qui que ce soit foutre ça en l'air, tu te trompes. »

La porte s'est ouverte, et Shirley est sortie pour prévenir Bill que notre grand-père avait besoin de lui. Il a hoché la tête et Shirley est retournée à l'intérieur.

« Enfin merde, Eugene ! a repris mon frère en me saisissant le bras. Ne recommence pas. C'est compris ?

– Oui, William.

– Tu sais, je me suis efforcé d'être… » Il m'a lâché le bras. « Mais tu recommenceras », a-t-il conclu, d'un ton résigné.

Et il est retourné dans la maison.

Le lendemain, lorsqu'il est arrivé dans son cabinet, Grand-père a marché sur du verre brisé. Un carreau était cassé, et la peinture écaillée à l'endroit où quelqu'un avait tenté de faire levier sur le châssis en bois pour l'ouvrir. À l'heure du déjeuner, Nebo a débarqué, armé d'une perceuse, et il a installé un cadenas en cuivre Corbin sur la porte de l'armoire.

« Même si un connard entre par effraction, il n'ouvrira pas cette armoire, nous a déclaré Grand-père avant de fourrer la clé

* State Bureau of Investigation.

dans sa poche. C'est probablement un cas social qui vole des médicaments. J'espère qu'il retentera sa chance, parce que Nebo passera la nuit ici pendant quelque temps. »

« Alors tu ne pourras plus ouvrir l'armoire ? a voulu savoir Ligeia, le dimanche suivant.

– Il y a fait mettre un cadenas et il n'y a qu'une seule clé. »

Elle était assise à côté de moi sur le dessus-de-lit, les mains nouées autour des genoux, la plaquette de Méthaqualone vide posée à côté de la pinte de whiskey que j'avais achetée au même bootlegger chez lequel se fournissait Angie. Il ne savait pas qui j'étais, et quand il m'avait posé la question j'avais répondu « un copain d'Angie », ce qui avait suffi pour susciter un grognement et sa disparition à l'intérieur de la maison. Il en avait rapporté une bouteille, et je l'avais payé. « Ne reviens plus jamais en plein jour, m'avait-il ordonné. C'est pas comme si je vous vendais des glaces, à vous autres, les gamins. »

« Mais de ça, je peux en avoir plein », ai-je fait remarquer à Ligeia. J'ai attrapé la bouteille et bu un coup. « La prochaine fois, je prendrai deux pintes. On peut quand même se torcher. »

Ligeia a tourné les yeux vers la rivière, puis elle a parlé.

« Je crois que c'est un signe.

– Quel genre de signe ?

– Un signe que l'été est fini. Il est temps pour nous de passer à autre chose, non ? Ça a été super, mais "*ob-la-di ob-la-da life goes on**". La vie continue. En plus, Angie et ses copains commencent à m'aider à dealer. Ils sont tous en terminale, et quand les cours démarreront, la semaine prochaine, je passerai tout mon temps avec eux.

– Alors c'était simplement parce que je t'apportais des médicaments ? » ai-je voulu savoir.

* « Ob-La-Di, Ob-La-Da » est une chanson des Beatles sortie sur le *White Album* en 1968.

J'ai tourné la tête et scruté la rivière. Quand Ligeia m'a touché l'épaule, je me suis écarté d'elle et ne l'ai regardée qu'après.

« Non », a-t-elle répondu. Ses yeux bleus ont croisé les miens. « Le faire avec toi, c'était bon. Mais tu n'es qu'un môme.

– J'ai un an et demi de moins que toi, c'est tout.

– Seulement sur un calendrier, baby. »

Elle s'est rapprochée et m'a embrassé sur la bouche, un long baiser insistant.

J'ai avancé la main pour dénouer son haut, mais elle m'a repoussé. J'ai dû paraître au bord des larmes, parce qu'elle a soufflé : « D'accord, une dernière fois », et elle a passé la main derrière son dos pour défaire elle-même le nœud.

J'ai pensé qu'elle changerait peut-être d'avis, et le dimanche suivant, à quatorze heures, je suis retourné à Panther Creek. Assis au bord du bassin, j'ai attendu, le niveau du whiskey illégal descendait dans la bouteille tout comme le soleil dans le ciel qui s'assombrissait. C'était la première fois que je buvais seul, et j'ai eu deux révélations. La première, c'était que j'étais un jeune amant tragique tombé sur les « épines de la vie » dont parle Shelley. Cet épisode de sensiblerie, je l'ai dépassé, mais pas la seconde révélation : on accède mieux à la véritable intimité avec l'alcool lorsqu'on est seul.

Et puis le lycée a repris.

Les cours de Ligeia se déroulaient principalement dans l'aile du technique, je ne la voyais donc que devant son casier, ou pendant nos pauses déjeuner, qui se chevauchaient. À l'époque, notre lycée autorisait les élèves à fumer, pourvu que ce soit sur la pelouse à l'extérieur de la cafétéria. Lorsque je suis allé déjeuner, le premier jour, Ligeia était dehors avec Angie Wellbeck et deux ou trois autres filles qui, contrairement à elle, étaient outrageusement maquillées. Leur rouge à lèvres laissait des cercles roses autour de leurs mégots de cigarettes. Le reste des fumeurs étaient des garçons, les brutes qui se faisaient mettre à la porte parce qu'ils juraient comme des charretiers et se battaient. D'une chiquenaude, ils se bombardaient d'allumettes enflammées, se balançaient des coups de coude dans la figure, ils avaient un rire agressif, dangereux.

J'ai choisi une place près d'une fenêtre, d'où je pouvais observer Ligeia. Un des types est entré et s'est servi du téléphone public. Quand il est ressorti, ses copains et lui ont formé un cercle avec Ligeia et Angie. L'un d'eux m'a vu les observer. Il a écrasé sa cigarette et il est entré.

« Qu'est-ce que tu regardes, petit con de merde ?

– Rien, ai-je marmonné.

– Eh bien, assieds-toi là, a-t-il dit en expédiant mon plateau à l'autre bout de la table, et regarde *rien* la tête tournée dans l'autre sens. »

J'ai pourtant risqué des coups d'œil à la dérobée et, entre deux cours, je traînais près du casier de Ligeia. Si elle me voyait elle souriait, mais ne me parlait pas. Le lundi de la troisième semaine, pourtant, elle attendait devant la salle où se rassemblait ma classe. Elle paraissait inquiète.

« Il faut que je te parle, a-t-elle lancé avant de m'entraîner dans un coin. Je suis toujours ta sirène préférée, dis ?

– Oui, ai-je répondu en sentant monter en moi une vague d'espoir.

– Et si tu réessayais de me trouver des amphètes ? Tu peux peut-être te procurer la clé, ou un truc comme ça.

– Grand-père la garde dans sa poche.

– Alors il y a peut-être des échantillons ailleurs, dans ses tiroirs, par exemple.

– Il les ferme aussi à clé.

– C'est important, a-t-elle ajouté, avec davantage d'insistance dans la voix. Je crois que j'ai fait une grosse bêtise.

– Je peux te donner de l'argent pour t'aider.

– Combien ?

– Je peux te filer cinquante dollars.

– Cinquante dollars, ça ne suffira pas pour réparer cette grosse bêtise-là, Eugene. Et si tu me donnais tout l'argent que tu as à la banque ? Est-ce que tu ne pourrais pas le récupérer, d'une façon ou d'une autre ?

– Grand-père doit cosigner. Il me demanderait ce que je veux en faire.

– Tu pourrais mentir.

– Non, il s'en rendrait compte. Et puis, ce serait en chèque. Grand-père ne me donnerait pas de liquide. Mais, demain, je peux t'apporter cinquante dollars, peut-être même soixante. Ça ne va pas t'aider un peu ?

– Apporte-les, seulement ce sera loin d'être suffisant, baby. Loin d'être suffisant. »

Ce n'est qu'au moment où a retenti la dernière sonnerie que j'ai compris ce que me disait Ligeia.

« Ne t'en fais pas. Ça devrait être sans risque. »

« Devrait », m'a-t-elle déclaré ce dimanche-là, à Panther Creek, et non pas « sera ». L'Homme Visible. C'était le nom de la figurine humaine qu'une année Grand-père nous avait offerte pour Noël, à Bill et moi. À l'intérieur de l'enveloppe en plastique transparent il y avait un cœur aux artères rouges et aux veines bleues qui se raccordaient à la tête et au torse. Tandis que mon cœur battait à tout rompre, c'était comme si moi aussi j'étais transparent, les brins bleus et rouges enroulés tels des tentacules autour de mon cœur.

La sonnerie de la première heure de pause a retenti. J'ai douté de réussir à me mettre debout. *Mais elle saura régler le problème*, me suis-je dit pour me rassurer. *C'est ce qu'elle a promis. Il faut juste trouver l'argent.* J'ai ouvert mon sac à dos, sorti un stylo, du papier, et écrit : « Est-ce que tu en es certaine ? Tu as peut-être seulement du retard. Eugene. » J'ai plié le mot et pris le couloir menant au casier de Ligeia pour le glisser dans la charnière de la porte.

À l'heure du déjeuner, elle m'attendait devant la cafétéria.

« Oui, j'en suis sûre, et toi et Bill vous devez m'aider, a-t-elle lancé en regardant autour d'elle pour voir si personne ne l'entendait. Lui, il peut sortir de l'argent de son compte, pas vrai ?

– Oui.

– Elle est loin d'ici, sa fac ?

– À trois heures de route.

– Téléphone-lui et préviens-le. On se retrouve ce soir à sept heures, à la rivière. »

SEIZE

Je retourne au centre hospitalier à seize heures quarante-cinq. La réceptionniste ne me renvoie pas dans le bureau de Bill, je m'assois donc seul dans la salle d'attente. Des magazines couvrent la table à côté de moi. La plupart correspondent à ce que l'on s'attend à trouver dans le cabinet d'un médecin: *National Geographic*, *Sports Illustrated*, ce genre de choses. Un seul, *Christianity Today*, attire mon regard. Je vérifie l'étiquette de l'adresse, et c'est le nom de mon frère, pas celui d'un patient, qui figure dessus. Ce qui ne devrait pas m'étonner. Bill, contrairement à moi, a continué à aller à l'église à l'âge adulte. Bientôt, je saurai peut-être ce qui le motive.

Quand je jette un nouveau coup d'œil à la pendule, il est dix-sept heures cinq, puis dix-sept heures quinze, puis dix-sept heures vingt. *Et si ce n'était pas l'opération qui le retient ?* me dis-je, dans un brusque accès de conscience. Robbie Loudermilk ne sait peut-être pas où je suis, mais il pourrait assez facilement trouver Bill. Depuis ce matin, de nouvelles preuves sont peut-être intervenues, ou quelqu'un qui nous a vus tous les trois à Panther Creek, ou qui a remarqué la présence de notre pick-up, là-bas, le jour où Ligeia a disparu. Chaque pensée se solidifie et prend un caractère inévitable. Je baisse les yeux et vois que mon pouce et mon majeur sont en train de pincer mon genou gauche.

Un poste de télé est fixé dans l'angle supérieur de la pièce, sur le mur du fond. Il est réglé sur CNN, sans le son mais avec les sous-titres pour malentendants. Je m'approche du guichet et demande la télécommande. La réceptionniste me regarde, et je sais qu'elle est sur le point de lancer quelque chose du genre « Nous n'autorisons pas à changer de chaîne ». Mais nous sommes seuls et elle sait que Bill m'a dit d'attendre, alors elle me la tend sans un mot. Puis, comme si cette télécommande était une sorte de certificat de confiance, elle ramasse ses affaires, verrouille la porte d'entrée et s'en va.

À dix-sept heures trente, sans mettre le son, je change de chaîne et passe sur WLOS. Un train a déraillé à Marion, et il y a eu une manifestation contre le parlement de l'État à Raleigh. Après quelques publicités, le shérif Loudermilk apparaît. Ses paroles défilent sur l'écran et m'apprennent que, selon une nouvelle source, Ligeia Mosely, ayant tardé à régler une dette à son dealer, était pressée de quitter Sylva. « Ce qui rend l'hypothèse d'un meurtre lié à la drogue de plus en plus vraisemblable, déclare Loudermilk, et celle d'un tueur en série beaucoup moins. Un troisième mobile, les suites d'une affaire de cœur, a également été envisagé, ajoute le shérif, mais la police scientifique doit encore en établir la preuve. »

« Elle a eu l'air de dire que c'était vraiment grave, ai-je expliqué à mon frère lorsqu'il est venu répondre au téléphone dans le couloir de sa résidence universitaire.

– Grave pour qui, Eugene ? Vu ton comportement de ces deux derniers mois, je ne…

– Elle a dit grave pour nous deux.

– J'ai mon cours de stat, cet après-midi. Tâche de savoir de quoi il s'agit. Et puis rappelle-moi.

– Ligeia a dit que nous devions être là-bas tous les deux.

– Si elle veut que je lui dégotte de l'alcool ou des médicaments, elle peut toujours attendre. D'où tu m'appelles, au fait ? Tu es censé être au lycée.

– Je suis au lycée. J'appelle du téléphone public. Il faut que tu viennes, Bill. C'est grave. Je t'assure.

– D'accord, a-t-il soupiré. Tu peux aller là-bas sans que j'aie à passer te chercher ?

– Je peux prendre la voiture de maman.

– Parfait. J'aimerais autant que Grand-père ne sache pas que je suis rentré en pleine semaine. »

Bill et moi sommes arrivés à Panther Creek les premiers, ce soir-là. Nous nous sommes assis au bord du bassin et nous avons attendu.

« Mais enfin merde, où est-ce qu'elle est, Eugene ? m'a-t-il demandé. J'ai un contrôle de zoologie demain matin, moi.

– Je suis là, a répondu Ligeia qui sortait du bois, ses chaussures à la main, et portait un jean et un ample T-shirt sur lequel on lisait "DISNEYLAND".

– C'est quoi, le problème ? s'est enquis mon frère, d'un ton brusque. Si c'est les médicaments, tu peux toujours attendre. »

Ligeia s'est tournée vers moi.

« Tu ne lui as pas dit ?

– Dit quoi ? a voulu savoir Bill.

– Que je suis enceinte. »

Quand ce mot a été prononcé, tout, jusqu'à la rivière, a paru s'arrêter quelques secondes. J'éprouverais une sensation identique la nuit de l'accident, le même effet de suspension qui a dilaté le temps entre l'instant où la voiture quittait le bitume et celui où l'arbre se ruait droit sur mes phares. Puis, de nouveau, j'ai entendu la rivière et, lentement, comme un manège qui démarre, le temps a repris son rythme normal.

« Ce n'est pas possible, a lancé Bill. On a fait attention.

– De toute évidence, pas assez attention, a riposté Ligeia.

– Écoute, a bredouillé mon frère, si tes règles ont quelques jours de retard ça ne veut pas dire…

– Il ne s'agit pas de "quelques jours". Je ne les ai pas eues depuis mi-juin.

– Ça pourrait être autre chose. »

J'avais déjà vu cette dureté dans les yeux de Ligeia, mais uniquement de façon passagère. Maintenant elle s'enclenchait, comme le cliquet d'un pêne dormant.

« Est-ce que je dois aller voir votre grand-père pour en avoir le cœur net ? a-t-elle lâché. On pourrait y aller tous les trois.

– Non, a aussitôt répondu Bill. Laisse-moi réfléchir une minute. »

Il a secoué son épaule droite, avec l'air de vouloir envoyer valser un truc qui s'accrochait à lui, puis il a fixé le sol.

« Est-ce que tu en as parlé à quelqu'un d'autre, s'est-il enquis, sans relever les yeux.

– Non.

– Parfait. N'en parle pas, OK ?

– D'accord, a dit Ligeia. Mais je ne veux pas régler ça toute seule.

– Ce n'est pas ce que je te demande. Quoi qu'il en soit, un retard de règles peut avoir d'autres raisons, a-t-il assuré en se tournant vers moi. On a fait attention chaque fois – pas vrai, Eugene ?

– Oui », ai-je affirmé.

Mais je mentais.

« Il n'y en a pas un qui aurait crevé ou fui ?

– Non.

– Alors tout va bien, a conclu Bill, comme s'il posait un diagnostic médical, parce que ça ne m'est pas arrivé non plus.

– Ils ne sont pas toujours sûrs, a remarqué Ligeia, qui a levé une main et écarté les doigts. Un ongle a pu en percer un, ou alors il avait un défaut de fabrication.

– Ça m'étonnerait, a dit Bill. Peut-être que… »

Puis il a hésité.

« "Peut-être que" quoi ? a-t-elle voulu savoir.

– Peut-être, a-t-il repris, que c'est quelqu'un d'autre. »

Pendant quelques instants, Ligeia a paru perplexe. Puis elle a compris.

« Non mais, bon Dieu, comment veux-tu que ce soit possible ? s'est-elle indignée, d'une voix qui s'élevait vers l'aigu. Je n'ai pas été ailleurs qu'ici ou à l'église. Tu sais très bien que c'est vrai. Je suis enceinte, et j'ai besoin de fric pour résoudre la question. J'en ai besoin *maintenant*.

– D'accord, d'accord, a dit Bill en levant la main. Je tâche simplement de mettre les choses au clair. Tu peux aller au dispensaire pour les femmes d'Asheville. Là-bas, ils pourront pratiquer un test de grossesse. Et on sera fixés.

– Je n'ai pas besoin de ta connerie de test de grossesse. Donnez-moi simplement l'argent pour arranger ça. »

Quelque chose a changé dans le regard de Bill.

« Non », a-t-il lâché, et son ton était sans concession. « Pas avant que nous soyons certains. »

Le vent a poussé un dernier soupir avant de se calmer, on n'entendait plus à présent que le glougloutement de l'eau.

« Et comment je vais y aller, moi – surtout si c'est censé être un tel secret ? a voulu savoir Ligeia.

– Je t'emmènerai, au cas où Bill ne pourrait pas, ai-je proposé.

– Non, a dit mon frère. Tu peux prendre le car. Le dispensaire est au centre-ville, près du tribunal.

– Quand ? a demandé Ligeia. Je ne dois pas traîner, tu sais.

– Demain matin. Quand tu arriveras au lycée, continue à marcher jusqu'à la gare routière. Tu peux être de retour avant la fin des cours. Comme ça, ton oncle et ta tante ne le sauront pas.

– Il me faudra de quoi payer le car et le médecin, et aussi le test. »

Bill a jeté un coup d'œil dans son portefeuille, et sorti deux billets de vingt dollars et un de dix. Tout ce que j'avais, c'était un billet de cinq.

« Comment savoir si ça suffit ? lui a-t-elle demandé en prenant l'argent.

– J'en ai encore à la maison. Je te donnerai au moins cent dollars. Mais c'est certainement beaucoup moins.

– Tu as peur que je ne te rapporte pas la monnaie ? a lâché Ligeia sur un ton de défi.

– Non, je fais en sorte que tu aies assez d'argent, c'est tout. Eugene pourra te le donner demain matin devant le lycée. Ensuite, tu n'auras plus qu'à prendre le car.

– D'accord. Mais si je suis enceinte, ça coûtera bien plus que cent dollars.

– Je sais », a reconnu Bill en se passant les doigts de la main droite dans les cheveux. La main toujours posée sur sa nuque, il s'est tourné vers moi. « Si on en arrive là, je te trouverai ce qu'il faut.

– Je paierai la moitié.

– Je paierai, a dit Bill, d'un ton brusque. Mais pas un mot à qui que ce soit. »

Le lendemain matin, deux autres billets de vingt dollars et deux de cinq pressés dans ma paume, j'ai retrouvé Ligeia sur le parking. Angie Wellbeck discutait avec elle. Ce n'était apparemment pas une conversation réjouissante. Ligeia m'a fait signe de ne pas bouger. Quand Angie est partie un peu plus loin rejoindre un groupe de filles, Ligeia, avec à peine un regard pour moi, s'est approchée et m'a pris les billets des mains.

Deux jours plus tard, au moment où je sortais de ma salle de classe, elle m'a fait signe de venir sous la cage d'escalier, pour éviter la bousculade des élèves.

« J'ai appelé et j'ai eu les résultats, m'a-t-elle annoncé. Je suis enceinte, mais la doctoresse m'a dit que, puisque je veux avorter, elle peut arranger ça, raconter que c'est pour sauver la vie de la mère. Elle m'a pris un rendez-vous au dispensaire de Charlotte. Elle m'a promis que là-bas on ne me ferait pas d'histoires.

– Quand ?

– Demain après-midi, à seize heures trente. Il va me falloir de quoi payer l'hôtel et le billet de car pour Charlotte, et après pour Miami, parce que moi, je file là-bas dès que le toubib de Charlotte me dit que c'est bon. J'aurai besoin de mille cinq cents dollars. Dis à Bill de m'apporter l'argent à la rivière demain à neuf heures.

– Et tu iras comment, à la gare routière ?

– Bill pourra me conduire à celle de Sylva, sauf s'il a peur que quelqu'un le voie me déposer. Dans ce cas, on va en voiture à Asheville, et là, je prendrai le car.

– Tu ne reviendras pas ?

– Tu rigoles ? a-t-elle lancé, incrédule. Quand je me serai tirée d'ici, ce sera pour toujours.

– Tu m'avais dit que tu resterais jusqu'en octobre.

– Non, je me tire d'ici, a-t-elle répondu au moment où retentissait la dernière sonnerie. Et n'aie pas l'air aussi triste : tu savais que je partirais bientôt.

– Oui.

– Réjouis-toi, je retourne là où je suis à ma place.

– Ouais », ai-je marmonné.

Une dernière porte de classe s'est refermée en claquant et le couloir est retombé dans le silence. Ligeia a posé son sac à dos par terre, passé ses mains autour de son cou et ôté le collier hippie que je lui avais offert.

« Tiens, a-t-elle dit. De quoi te souvenir de moi. »

J'ai glissé les perles dans la poche de ma chemise, puis sorti de mon sac à dos un stylo et une fiche, sur laquelle j'ai écrit mon adresse et mon numéro de téléphone, et je lui ai tendu le papier.

« Tu m'écriras, ou tu m'appelleras, quand tu arriveras là-bas, d'accord ? lui ai-je demandé. Pour que je sache où tu es.

– Oui, a dit Ligeia en fourrant le papier dans sa poche arrière, mais c'est long de trouver où se loger et de s'installer, ça risque de prendre un bon bout de temps.

– OK, ai-je répondu, avant de marquer un temps de silence. On sait, toi et moi, que c'est ma faute, pas celle de Bill. C'est moi qui n'ai pas mis de préservatif.

– Non, on n'en sait rien, a-t-elle répliqué en croisant mon regard. J'étais sûre que ce serait sans risque, ce jour-là. C'était sans risque. C'est la vérité, Eugene. » D'un mouvement de tête, elle a désigné le couloir. « On ferait mieux d'aller en cours.

– Il est très possible que je vienne vivre à Miami.

– Parfait. Cherche un bar chicos ou du sable blanc, et tu as des chances de me trouver. Ça serait le pied, non ? Et n'oublie pas que tu as promis de mettre ta sirène dans un livre.

– Je n'oublierai pas.

– Et de lui donner un prénom super sympa que personne d'autre ne porte, des yeux bleus et pas de taches de rousseur, hein ?

– Entendu. »

Ligeia m'a gentiment tapoté la main.

« Tu as eu ton été de l'amour tout pour toi, non ?

– Je suppose, oui. »

Lorsqu'elle est partie, j'ai filé dans les toilettes des garçons, de peur de fondre en larmes. Je me suis dit que je devais me sentir soulagé qu'elle ait fait son affaire de ce qui avait provoqué chez moi une telle panique. J'ai regardé dans la glace. Pas une larme. Après avoir respiré à fond, je suis allé en classe. Je voulais dire encore un truc à Ligeia, mais c'était trop tard.

« Ça va lessiver mon compte en banque, a soupiré Bill, plus tard dans l'après-midi.

– Je veux en payer la moitié, lui ai-je affirmé. Je t'assure.

– Et qu'est-ce que tu vas aller raconter au vieux pour obtenir sa signature ? “Hé, Grand-père, Bill et moi on a mis une fille enceinte et on a besoin d'argent pour payer un avortement.” Ouais, ça serait très bien reçu, Eugene.

– Je pourrais te rembourser petit à petit.

– Non, je me charge de tout. Le vieux a raison sur un point : qui fait des mauvais choix paie l'addition. J'ai fait un truc idiot, donc c'est moi le responsable, pas toi.

– Parce que tu es le grand frère censé veiller sur le petit, même s'il n'est pas d'accord, c'est ça ?

– Oui, a répondu Bill en me regardant dans les yeux. Et j'y tiens.

– Je veux venir avec toi, demain.

– Non. Il faudra que tu sois en classe. Si tu n'y es pas et que Grand-père l'apprend, il t'obligera à lui avouer où tu étais. Tu sais qu'il ne te lâchera pas avant. »

Je n'ai pas répondu, mais je savais qu'il avait raison.

« Ligeia t'a dit que l'intervention était prévue pour demain après-midi ? a repris Bill. Ça me paraît un peu précipité, mais je suppose que si le médecin demande à ce que ça soit fait sans délai, ils s'organisent en conséquence. Tu en es sûr ? Demain après-midi, pas samedi prochain ?

– Mais oui, enfin, merde ! Tu ne peux donc pas me croire capable de faire quelque chose correctement ?

– Tu n'en as pas donné beaucoup de preuves ces derniers temps, a répondu Bill froidement, tout en jetant un coup d'œil à sa montre. Je dois passer à la banque avant la fermeture. »

Le lendemain soir, il a emmené Ligeia à la gare routière d'Asheville. Et voilà. L'été a pris fin, et, en surface, Bill, la ville, et moi paraissions inchangés.

L'oncle et la tante de Ligeia ont signalé sa disparition aux autorités, mais elle avait emporté une valise pleine d'affaires, alors on a supposé qu'elle s'était enfuie, probablement en Floride, et, comme l'a souligné le shérif, quel intérêt y avait-il à lancer une recherche hors des frontières de l'État alors qu'un mois plus tard Ligeia serait majeure ?

J'ai attendu Thanksgiving pour tenter de parler d'elle à mon frère. Il a posé une main sur mon épaule, et puis serré si fort que j'en ai grimacé.

« Elle est montée dans un car, et voilà, a-t-il dit, sans relâcher son étreinte. Ne me parle plus jamais d'elle. *Plus jamais.* »

Aux vacances de Noël, à la station Shell je suis tombé par hasard sur Bennie Mosely. Je lui ai demandé si ses parents avaient eu des nouvelles de Ligeia.

« Non. D'ailleurs, moi je m'en porte à merveille, a-t-il répondu. Papa et maman l'ont accueillie chez nous, et elle est partie sans un mot de remerciement. Ils vont jusqu'à se reprocher qu'elle se soit enfuie, même s'ils ont été aussi gentils que possible avec elle. J'espère bien ne jamais la revoir.

– Et ses parents ? ai-je voulu savoir. Ils ont eu de ses nouvelles ?

– Non, et, comme tout le monde, ils sont probablement ravis d'être débarrassés d'elle. Tante Ruth promet que si elle se pointe à Daytona elle ne la recueillera pas. Elle dit qu'elle a dix-huit ans et que, jusqu'à la fin de ses jours, elle n'a plus qu'à se débrouiller toute seule. »

DIX-SEPT

Il est dix-huit heures passées quand Bill arrive. Mon frère est visiblement épuisé et n'ouvre pas la bouche avant que nous ne soyons entrés dans son cabinet. Il s'effondre dans son fauteuil en cuir et ferme les yeux. J'observe avec attention le visage d'un homme qui a passé son après-midi à inciser et sonder le corps d'une enfant. Pour les meilleures raisons du monde, bien sûr, cependant…

« Un autre chirurgien va venir nous rejoindre dans un instant, m'annonce-t-il tout en rouvrant les yeux.

– Pourquoi ?

– Parce que tu as besoin d'entendre ce qu'il a à dire.

– Uniquement si, ce matin-là, il était avec toi et Ligeia à Panther Creek. Et s'il vient me débiter des conneries et prétendre que la drogue a poussé Ligeia à se trancher la gorge, moi je file tout droit chez Robbie Loudermilk.

– Ce n'est pas ce qui est prévu. »

Quand on frappe à la porte d'entrée, je secoue la tête.

« Dis-lui de s'en aller. Tout ce dont nous avons à parler, c'est de ce qui s'est passé, de tout ce qui s'est passé. »

Bill se lève et revient accompagné d'un gros type au visage rougeaud. Rubicond. C'est le meilleur terme pour le décrire. Il est gros, mais gros à la forte carrure, peut-être défenseur dans l'équipe du lycée, ou même à la fac, bien que la main qu'il me tend soit molle. À vue de nez, je lui donne pas loin de la soixantaine.

« Carl Bassinger, lance-t-il, avant de s'asseoir à côté de moi. J'ai cru comprendre que les compétences de neurochirurgien de votre frère vous laissaient sceptique.

– Je n'ai jamais dit ça.

– Ah bon ? s'exclame Bassinger, qui se tourne vers Bill.

– Disons simplement que mon frère a besoin de savoir que ce que je fais sauve des vies, ou fait qu'une vie vaut la peine d'être vécue, précise Bill. Il a besoin de savoir que je fais vraiment du bon boulot.

– Je suis de garde ce soir, vous aurez donc droit à la version courte, monsieur Matney, m'annonce Bassinger. Il y a trente ans que j'exerce, je suis passé par quatre hôpitaux, et votre frère est le meilleur neurochirurgien avec lequel j'aie jamais travaillé. Il est brillant, il lit les publications scientifiques, et même il y contribue, mais ce n'est pas ce qui le rend vraiment exceptionnel. Bill est en mesure de faire deux choses dont la plupart d'entre nous sont incapables. La première, c'est qu'il peut rester totalement concentré pendant des heures : il ne se met pas à penser à sa partie de golf, au petit cul d'une infirmière ou au match de foot de son fiston. Mais ce qui le distingue encore davantage, c'est la coordination entre la main et l'œil. C'est quelque chose qui ne s'apprend pas ; on naît avec. C'est probablement pour ça qu'il était bon au base-ball, remarque-t-il en désignant d'un mouvement de tête la photo de Bill en tenue. C'est du pareil au même. Quand on voit le boulot de Bill, c'est tout comme s'il portait sa signature, car personne d'autre n'obtient un aussi beau résultat. » Bassinger se tourne alors vers mon frère. « Ça fait quoi ?... dix-huit ans qu'on bosse ensemble ?

– En gros, répond Bill.

– Voilà ce que les non-initiés, ou les frères et sœurs, ignorent, monsieur, reprend Bassinger avec un sourire ironique, et cela vaut probablement mieux : dans chaque hôpital ou presque il y a un chirurgien tellement nul que vous ne voudriez pas qu'il vous coupe les cuticules des ongles, encore moins qu'il aille bricoler votre moelle épinière. Et ceux-là se fichent bien de vous envoyer finir dans un fauteuil roulant. Ils s'en fichent carrément, à moins que l'affaire ne se termine devant les tribunaux : *alors là*, ils ne s'en fichent plus. Pour ce qui est du reste d'entre nous, nous sommes compétents et consciencieux, mais il y a toujours un chirurgien dominant. Les infirmières et les anesthésistes savent qui c'est. Les aides-soignants qui nettoient le sang le savent aussi bigrement bien. Bill est assez bon pour travailler dans les établissements les plus réputés, à Mayo, à Hopkins, mais vous autres, les gars de la montagne, vous n'arrivez pas à sortir de chez vous, on dirait.

– D'accord. J'ai pigé qu'il est bon.

– "Bon" ! s'exclame Bassinger. Mais putain, *moi* je suis bon ! J'ai vu, de mes propres yeux, une douzaine de cas où la paralysie ou la mort auraient été inévitables si Bill n'avait pas pratiqué l'intervention. Certains chirurgiens n'auraient même pas osé tenter l'opération. Tous les chirurgiens commettent des erreurs, mais Bill en commet moins. Ce que votre frère a accepté d'affronter aujourd'hui, cinquante pour cent sans doute d'entre nous l'auraient loupé, mais, parce qu'il l'a fait, cette gamine marchera de nouveau. Vous avez eu une sacrée veine que le jour où l'orthopédiste – celle que Bill a fait sauter dans un avion et obligée à écourter ses vacances – a opéré votre fille il ait été à ses côtés. Il s'est assuré qu'elle opère dans les règles. Tout est là. J'ai trois gamins et cinq petits-enfants. Si l'un d'eux arrivait au bloc avec une lésion de la moelle épinière, je n'opérerais pas ; le bistouri serait dans la main de votre frère.

– Combien de bonnes années me reste-t-il encore, selon toi ? demande alors Bill à Bassinger.

– Tu as soixante-sept ans, c'est ça ?

– Oui.

– Encore deux ou trois ans, à coup sûr. Tu perdras un peu de ta coordination et de ta vision, ce que l'expérience compensera pendant un certain temps. Ensuite, te connaissant, tu passeras aux soins pré- et post-opératoires. » D'un signe de tête, Bassinger montre la photo de Bill et des travailleurs humanitaires de la Croix-Rouge. « Je n'ai pas parlé du grand nombre de gens qu'il a secourus au-delà des mers. Je ne connais pas de chirurgien de cet État qui ait fait autant de voyages à l'étranger. Tu pars bien tous les deux ans en septembre, Bill ?

– Oui, répond mon frère.

– Ça fait combien de fois, en tout ?

– Seize.

– Seize, répète Bassinger en secouant la tête. Moi, deux. La plupart des chirurgiens partent une fois, et pendant une semaine – et encore, quand ils partent. » Il jette un coup d'œil à sa montre. « Autre chose que vous voudriez voir confirmer, monsieur Matney ?

– Pas par vous.

– Bon », lance alors Bassinger.

Et il se lève.

« Merci, Carl, dit Bill.

– Il n'y a pas de quoi. Ta journée a été sacrément longue, Bill. Tu devrais être chez toi en train de boire un verre.

– Bientôt, j'espère », dit mon frère.

Bassinger et lui sortent ensemble sur le seuil. Ils discutent un court instant, puis la porte d'entrée se referme.

Quand Bill revient, je demande :

« Quel est le rapport avec quoi que ce soit ?

– Une mise en perspective à propos de ce qui est arrivé il y a quarante-six ans à Panther Creek, de ce qui s'est passé depuis, et de ce qui peut continuer à se passer.

– "Quelque chose qui est arrivé"... Charmant euphémisme pour une fille de dix-sept ans qui a été assassinée, puis fourrée dans un trou et oubliée là. Mais enfin, Bill, tu l'as assassinée ! Tu l'as égorgée.

– Non. Mais c'est moi le responsable.

– Qu'est-ce que ça signifie, bordel ? Tu l'as tuée ou tu ne l'as pas tuée ? Ce qui s'est passé, Bill, la vérité ! Cette fois, je ne bougerai pas d'ici.

– Et tu iras voir Loudermilk si je ne te le dis pas ?

– Oui. »

Je m'efforce de paraître plus convaincu que je ne le suis.

« Et si je te le dis ?

– Je ne peux pas savoir avant.

– D'accord », soupire mon frère. Il s'enfonce encore davantage dans son fauteuil et pose ses mains sur les accoudoirs. « Cet après-midi-là, quand je suis passé à la banque chercher l'argent, mon compte s'est retrouvé presque à sec. M. Ashbrook ne m'a pas fait de réflexion, mais pendant que son caissier allait chercher la somme au coffre il a téléphoné à Grand-père qui lui a ordonné de ne pas me donner un sou, et Ashbrook l'a écouté. Quand je suis ressorti, Nebo m'attendait. Il m'a emmené directement chez le vieux. Des patients attendaient, mais Grand-père m'a entraîné dans son cabinet et a fermé la porte. J'ai inventé une histoire, que je transférais mon compte à Wake Forest, mais il a bien vu que je mentais. Ensuite, j'ai dit que c'était mon argent et que je pouvais en faire ce que je voulais. Tu imagines la réaction. J'ai fini par lui avouer la vérité, et bien sûr il connaissait les ragots sur Ligeia, et pas seulement de la bouche de son oncle. Tu sais comment était Grand-père : il savait tout, et sur tout le monde, en ville. Il a voulu savoir si l'oncle et la tante de Ligeia étaient au courant et je lui ai répondu que non, qu'elle avait promis de n'en parler à personne et que je la croyais. Et puis il a fait le tour de son bureau et m'a giflé, avec violence, avant de se rasseoir. Pendant un moment, il s'est contenté de me foudroyer du regard. Après, il m'a demandé si je n'avais pas eu la jugeote de mettre un préservatif, et je lui ai répondu que j'en avais mis un, chaque fois. Il a voulu que je lui dise comment je savais qu'elle était vraiment enceinte, et j'ai expliqué qu'elle était allée au dispensaire d'Asheville. Alors il m'a annoncé que c'était lui qui paierait Ligeia, de sa poche. L'argent à la banque était toujours à moi, mais j'avais intérêt à le dépenser de façon judicieuse parce que je ne recevrais plus jamais un sou de lui. Qu'il répare ce gâchis, ce serait là mon héritage. »

Bill marque un silence. Une ambulance s'approche de l'hôpital, on l'entend de plus en plus fort. Une vague de lumière rouge passe sur la fenêtre, puis la sirène se tait. Bill ferme les yeux un instant. Les rides sur son front se creusent, comme si la lumière et la sirène avaient déclenché une migraine.

« Continue, dis-je.

– Le lendemain matin, Grand-père m'a dit de me rendre à Panther Creek en premier, et de garer le pick-up là où il pourrait le voir. Quand il s'est pointé, Nebo l'accompagnait. J'aurais peut-être dû piger, à ce moment-là, mais tu te souviens qu'il lui arrivait de conduire le vieux ici ou là. Quand Ligeia a réclamé l'argent, Grand-père lui a répondu que lorsqu'il avait téléphoné au dispensaire, pour signaler qu'il envoyait le dossier médical de Ligeia Mosely, on lui avait répondu qu'il n'y avait pas de patiente sous ce nom-là. Elle a alors prétendu qu'elle avait pris un faux nom, mais Nebo l'a attrapée par les bras, qu'il a brutalement tirés en arrière. Grand-père a remonté le T-shirt de Ligeia pour lui tapoter le ventre, et puis il a fourré sa main dans son jean et il l'a palpée là aussi. Il m'a déclaré que j'étais tombé dans le plus vieux panneau à l'usage des garces. » La voix de Bill s'adoucit. « On en serait probablement restés là, mais Ligeia a rétorqué à Grand-père qu'elle n'était peut-être pas enceinte, mais qu'elle avait vendu des médicaments que son petit-fils avait pris à son cabinet. S'il ne lui donnait pas l'argent, elle irait voir un agent du SBI qui n'avait pas arrêté de tourner autour d'elle et de ses copains. Elle a dit qu'elle avait des plaquettes vides pour le prouver. Grand-père m'a regardé, et il a compris que c'était vrai. Si Ligeia n'avait pas parlé de ça, si au moins elle n'avait pas...

– Nebo l'a tuée ?

– Oui.

– Pendant que tu restais planté là, et que tu laissais faire ?

– Non. Grand-père m'a envoyé chercher l'argent. Il a dit qu'il était sur le siège avant de la Cadillac, mais il n'y avait pas d'argent. Je suis revenu à l'instant où la main droite de Nebo surgissait et effleurait la gorge de Ligeia. Ça a été si rapide, comme s'il délogeait une petite poussière. Ensuite il l'a attrapée par les cheveux, lui a brusquement tiré le cou en arrière, et j'ai vu le rasoir.

– Ligeia est morte, là, devant toi ?

– Oui.

– Et tu n'as rien fait ?

– Elle était tombée, alors je me suis agenouillé à côté d'elle. J'ai pressé ma paume sur la plaie, pour essayer d'étancher le saignement, tout en criant à Grand-père de m'aider. J'ai réussi à arrêter le sang quelques instants, mais il y en avait tellement. Ma main n'arrêtait pas de glisser… »

Bill presse sa paume sur ses yeux, il se penche en avant et son coude vient se poser sur la table.

« Et après, Nebo et toi vous avez enterré Ligeia et vous êtes tous partis ?

– Plus ou moins, oui.

– Je ne veux pas de "plus ou moins", Bill.

– Nebo a pris la voiture et il est retourné en ville chercher deux pelles.

– Grand-père n'est pas parti avec lui ?

– Non, dit Bill, qui lève les yeux. Nebo est revenu et a roulé Ligeia dans un pan de bâche. On a creusé, on l'a mise dans le trou, puis on a rebouché la tombe, et enfin recouvert le sol de feuilles.

– Vous lui avez retiré ses vêtements et ses colliers hippies. »

Mon frère hoche la tête.

« Et qu'est-ce que vous en avez fait ?

– Nebo les a flanqués dans le coffre de la Cadillac, avec la valise.

– Et après, qu'est-ce qu'il en a fait, Nebo ?

– Mais enfin merde, Eugene, comment veux-tu que je le sache ? Tout ce que je sais, c'est qu'il les a mis dans le coffre. »

Pendant quelques instants, il n'y a plus un son. Ni paroles, ni sirènes au loin, puis un silence toujours plus profond lorsque le climatiseur s'arrête. *Le silence peut être un lieu.* Ce sont les mots qui me viennent. C'est là, d'ailleurs, qu'une si grande part de ma vie a été vécue, que des heures vaines se sont écoulées, le bruit le plus fort, le tintement des glaçons dans un verre.

« Grand-père, c'était un monstre, pas vrai ?

– Oui, répond mon frère. Absolument.

– Et tu l'as laissé en être un. Tu aurais pu le dénoncer.

– Quand Nebo est parti chercher les pelles, j'ai informé Grand-père que j'irais trouver la police – pas le shérif Lunsford, mais le shérif d'Asheville. Il m'a répondu que c'était sans importance, puisque Nebo assumerait toute la responsabilité. Il a dit que si Nebo ne pouvait pas parler, il pouvait très bien hocher la tête et que c'était suffisant. »

Alors je pense : *Je vous en prie, faites que je sois en train de rêver tout ça, ou d'avoir des hallucinations dans un service hospitalier de désintoxication.* Une autre éclaboussure rouge inonde la fenêtre, d'abord muette, puis hurlante à l'instant où elle quitte l'hôpital et fonce vers le centre-ville.

« Tu aurais quand même pu expliquer ce qui s'était vraiment passé.

– Grand-père m'a dit autre chose. Il m'a averti qu'il vous couperait totalement les vivres, à maman et toi. Qu'il vous jetterait à la rue. »

Et ce n'est qu'à ce moment-là que je comprends.

« Tu ne lui as pas dit, c'est ça ?

– Dis quoi ?

– Que c'était moi qui avais volé les médicaments. Tu ne lui as même pas dit que j'avais été avec Ligeia. »

Bill secoue la tête.

« Pourquoi ? » pourrais-je demander, mais je connais la réponse.

Alors je préfère demander :

« Comment Grand-père pouvait-il être si sûr que Ligeia n'était pas enceinte ? C'était tout au début, et elle avait pu s'inscrire sous un faux nom pour le test.

– Elle n'était pas enceinte. Je suis formel sur ce point. »

J'hésite, puis je parle.

« Il y a un truc que je ne t'ai jamais avoué. Une fois, je n'ai pas mis de préservatif. Ça aurait pu arriver ce jour-là.

– Je te jure qu'elle n'était pas enceinte, lance Bill d'une voix dure, chaque mot plus catégorique que le précédent. Qu'est-ce qui cloche chez toi, Eugene ? Pourquoi veux-tu que ce soit encore pire ? Tu ne trouves pas que c'est déjà assez horrible ? Tu as vu les infos. Ligeia était aux abois, elle devait de l'argent à des gens, à des gens dangereux, et elle était prête à prétendre ou à raconter n'importe quoi pour en obtenir.

– Pas plus dangereux que Nebo. Et Nebo, comment a-t-il pu faire ça ? Si ça se trouve, il ne la connaissait même pas.

– L'as-tu jamais vu ne pas exécuter les ordres de Grand-père ? Te souviens-tu de *qui que ce soit* qui n'ait pas fait ce qu'exigeait ce salaud ?

– Toi, quand tu as épousé Leslie.

– Que pouvait-il d'autre contre moi, Eugene ? Il m'avait déjà déshérité. La dernière fois que je l'ai vu, le Noël où je lui ai jeté à la figure que nous allions nous marier, je lui ai menti. Je lui ai raconté que s'il vous coupait les vivres, à maman et toi, les parents de Leslie, qui avaient de l'argent, beaucoup d'argent, nous aideraient Leslie et moi, mais aussi vous deux. Je lui ai dit qu'à Sylva tout le monde verrait que, malgré ses grands discours sur la “responsabilité”, c'était à des inconnus de prendre en charge la veuve de son propre fils et leur enfant. C'est le seul mensonge que j'aie jamais réussi à lui faire gober. Au fil des ans, j'ai réfléchi à la raison pour laquelle il m'a cru. Je crois que c'est parce qu'il ne se souciait pas qu'on sache qu'il était un assassin, un sadique ou un maître chanteur, mais être considéré comme un irresponsable, c'était la seule chose qu'il ne pouvait pas supporter.

– Possible. Pourtant, ne plus subvenir à nos besoins à maman et moi, nous jeter à la rue, je ne suis pas sûr qu'il serait allé jusque-là. Il aimait trop exercer son contrôle sur nous.

– Mais on ne le saura jamais, pas vrai ? Il y a plein de trucs qu'on ne saura jamais. Oui, je peux me dire que je ne suis pas allé à la police pour vous protéger tous les deux, mais c'est bien tout ce que je peux faire. Je ne saurai jamais vraiment la vérité. J'avais tant à perdre, y compris la fac de médecine, mais, par-dessus tout, Leslie.

– Leslie ne t'aurait peut-être pas laissé tomber. Au procès, j'aurais expliqué que c'était moi qui avais volé les médicaments.

– C'est moi qui les ai volés, la première fois, et même si Leslie m'avait soutenu, comment l'accepter ? Elle aurait su que je l'avais fait avec Ligeia. Elle aurait su que j'étais là quand elle avait été assassinée. Et si Nebo répondait oui d'un signe de tête à *tout* ce que demandait Grand-père, pourquoi pas aussi lui faire admettre que c'était moi qui l'avais tuée, ou qui lui en avais donné l'ordre ? Ils auraient été deux contre un à témoigner. Et d'ailleurs, je l'ai tuée. Elle ne serait pas morte si elle n'avait pas été là-bas à cause de moi, ce matin-là.

– À cause de moi aussi. »

Je baisse les yeux vers mes mains et constate un léger tremblement. Je n'ai pas pensé à boire depuis des heures, mais mon corps est au courant.

« Nebo est certainement mort, Grand-père est mort, et les parents de Ligeia aussi. Et puis sa sœur, son oncle et sa tante.

– Tu l'as appris comment ?

– Parce qu'il y a cinq ans j'ai vérifié. »

Le téléphone sonne sur le bureau de Bill. Il lit le numéro qui s'affiche, mais ne décroche pas.

« C'est Leslie, qui se demande où je suis », m'explique-t-il. Il me regarde d'un air las. « Je veux régler cette histoire, une fois pour toutes, et rentrer chez moi, Eugene.

– Donc Ligeia a été assassinée, et personne ne sera jamais puni. Tout est oublié, une fois de plus.

– "Oublié" ? Tous les soirs, quand j'éteignais la lumière avant de m'endormir, je pensais à elle qui était là-bas dans ces bois. Tous les soirs. Tous les jours. »

Bill me regarde, apparemment sur le point de fondre en larmes. Je me retourne, et d'un mouvement de tête je désigne l'estampe de Rembrandt, derrière moi.

« Grand-père te l'a léguée à cause de ce qui est arrivé à Ligeia, c'est ça ?

– Oui, et j'en suis heureux. Il faut qu'elle soit là. »

Le téléphone sonne de nouveau, mais Bill n'en tient pas compte.

« Et si Loudermilk, le SBI ou la police scientifique établissaient un lien entre nous et ce qui s'est passé ?

– Aucun risque.

– Elle aurait pu le dire à une amie, ou à quelqu'un de sa famille.

– Elle ne l'a pas fait, répond Bill, qui pose la main sur son téléphone. Il faut que je prévienne Leslie que je serai bientôt à la maison.

– Tu m'as menti deux fois sur ce qui s'est passé. Comment savoir que tu ne me mens pas, là ?

– Impossible, répond mon frère. Mais Carl Bassinger n'a pas menti. Tout ça se calmera dans quelques jours. À part toi et moi, tout le monde aura oublié.

– Et qu'est-ce qu'on fait ?

– On continue à vivre notre vie. On vit avec.

– Et si je n'y arrive pas ?

– Tu y arriveras. Sers-toi deux ou trois verres. Si ça ne t'aide pas, songe au bien qui en résultera parce que *en fait* tu vis avec. Pense ce que tu veux de moi, pense le pire – que je veux ton silence uniquement parce que je refuse de voir ma vie être anéantie. Mais pense aussi à ce qu'a dit Bassinger.

– Tu aurais quand même dû m'en parler quand c'est arrivé – je ne changerai jamais d'avis là-dessus. »

Bill me dévisage. Quand il reprend la parole, la bonne vieille certitude d'autrefois est bien présente dans sa voix.

« Si j'avais pu deviner comment tournerait ta vie, Eugene, il y aurait eu une certaine charité d'âme à t'en parler – ça aurait justifié ton ivrognerie et tout ce que tu as fait subir aux autres et à toi-même. Mais tu n'as même pas d'excuse. Ta vie, tu l'as bousillée tout seul. »

DIX-HUIT

Je m'arrête à l'ABC, et j'entre juste avant que le vendeur n'accroche sur la porte le panonceau « FERMÉ ». Je prends une bouteille de Jack Daniel's, tends au gars le reste de l'argent que m'a donné Bill, et j'empoche la monnaie. Je brûle de remplir un des gobelets en carton du distributeur. Voir l'éclat ambré du whiskey, c'est être dehors dans le froid et regarder un beau feu derrière une vitre.

Mais je ne dévisse pas la capsule avant d'être rentré à la maison. Au moment où je m'assois et bois ma première gorgée, un quasi-souvenir de mon père se présente, la sensation d'être soulevé et de m'élever au-dessus du visage de ma mère et de mon frère. D'agiter la main pour dire bonsoir à la lune, m'a expliqué Bill. Je ne me souviens pas de mon père faisant cela, ni de son visage, ni de la lune, seulement de la sensation d'être porté, de l'absence de poids pendant que je passe de la lumière à l'obscurité, en flottant et sans avoir peur. *Pas d'excuse*, a affirmé Bill, et il a raison, mais si notre père avait vécu…

Je viens à peine de me verser mon second verre quand on frappe à la porte.

« Ça fait deux heures que j'appelle chez vous, lance Loudermilk en passant devant moi.

– Je suis allé à… »

Et puis je m'arrête.

« Vous êtes allé où ?

– Nulle part, dis-je en bafouillant. Je suis juste sorti.

– “Juste sorti” ? Pour aller nulle part en particulier, “juste sorti” ?

– Oui.

– Ça devient vraiment une habitude, Matney, d'être nerveux comme tout chaque fois que je me pointe. Je trouve ça agaçant. »

Loudermilk s'approche du canapé et s'assoit. Il ôte ses lunettes et sort un pan de chemise assez long pour essuyer ses verres, comme pour dire : Eh oui, j'ai toute la soirée.

« Je suis passé voir deux des types avec qui, d'après Angie Wellbeck, Ligeia dealait de la drogue, David Peeler et Tim Dickson. Vous les connaissiez, au lycée ?

– Je savais qui c'était.

– Peeler prétend que la dernière fois qu'il a vu Ligeia elle voulait filer d'ici en vitesse parce qu'elle devait de l'argent à quelqu'un. Elle ne lui avait pas dit à qui, mais elle avait vraiment peur de ce qui risquait de lui arriver. Alors moi, ce que je veux savoir, c'est si Ligeia Mosely vous a oui ou non fourni la drogue pour laquelle vous lui avez donné de l'argent ?

– Je ne lui ai pas donné d'argent.

– Angie Wellbeck ment donc sur ce point ?

– Oui.

– Et pourtant, non. Angie m'a suggéré d'aller parler à Dawn Pinson : elle aussi vous a vu donner de l'argent à Ligeia.

– Elle se trompe tout autant, shérif. »

Le visage de Loudermilk s'empourpre, mais il n'élève pas la voix.

« Écoutez, Matney, ne pouvez-vous pas tout simplement admettre que vous avez acheté cette drogue et me parler des gens que connaissait cette fille ? Comme je vous l'ai déjà signalé, je n'y peux foutrement rien si vous avez acheté ou vendu de la drogue il y a quarante-six ans. Vous l'avez fait et vous vous en êtes sorti en toute impunité, tout comme vous vous êtes sorti en toute impunité de tout le reste dans votre vie lamentable.

Faut-il que la Cour suprême vienne vous expliquer ce qu'est la prescription ? Avez-vous à ce point le cerveau embrouillé par l'alcool ? Tout ce qui m'intéresse, c'est que cette fille vendait de la drogue et que c'est probablement pour ça qu'elle est morte. Enfin merde ! Vous savez quelque chose et vous ne me le dites pas ! Elle fréquentait de gros dealers, à Daytona Beach. Il y en a peut-être un qui est monté ici, et si vous savez quoi que ce soit sur lui – description, nom, surnom – je vous écoute. » Loudermilk s'interrompt. « Est-ce que vous auriez peur de ceux qui ont fait ça, peur que quarante-six ans après ils viennent vous égorger ? Êtes-vous lâche à ce point, en plus de tout le reste ? »

Il lève un index et remonte ses lunettes vers la base de son nez. Le doigt glisse lentement sur son front, s'y arrête un court instant, comme s'il cherchait à y trouver une pensée. Le shérif s'enfonce un peu plus dans le canapé, et soupire.

« Je connaissais son oncle et sa tante, et c'étaient des gens bien. Je suis même sorti pendant un temps avec Tanya, quand nous étions au lycée. Ligeia n'était pas une sainte, mais elle ne méritait pas ce qui lui est arrivé, et je sais que la disparition de cette gamine a été une grande cause de culpabilité et de chagrin pour son oncle et sa tante. Je le sais de source sûre, parce que j'ai parlé à Tanya, hier. Elle dit que cette histoire a brisé ses parents, surtout son père, parce que son jeune frère lui avait confié la garde de sa fille. C'était une *responsabilité*. Alors voilà, Matney : ne pouvez-vous pas, rien qu'une fois dans toute votre misérable existence, agir de façon responsable ? Écoutez-moi : ceux qui ont tué cette fille sont restés impunis jusqu'à aujourd'hui. Ils sont peut-être morts, à présent, c'est même fort possible, mais au moins nous pouvons montrer que Ligeia Mosely comptait suffisamment pour qu'on cherche à découvrir qui l'a égorgée et laissée pourrir là-bas. Est-ce qu'on ne lui doit pas ça ? »

Le micro fixé à l'épaule de Loudermilk grésille, et une voix demande si tout se passe bien.

« Oui, pas de problème. Je serai là dans un moment, répond-il en se penchant vers le micro avant de se retourner vers moi. Alors dites-moi, Matney, est-ce qu'on ne lui doit pas ça ?

– Je vous ai dit tout ce que je savais. Je ne veux plus en parler.

– Seriez-vous prêt à passer au détecteur de mensonges ? Peeler et Dickson ont accepté.

– Je ne crois pas que... »

Mais soudain Loudermilk ne m'écoute plus.

« Chercheriez-vous à protéger quelqu'un que vous connaissez, quelqu'un qui est encore en vie ? demande-t-il, chaque mot sonnant moins comme une question et davantage comme une accusation. C'est ça, non ?

– Avant de reconnaître quoi que ce soit, je tiens à finir mon verre.

– Combien en avez-vous bus ?

– Un. Si je finis celui-ci, je ne serai pas encore ivre.

– Allez-y. »

Je m'approche de la table et lève mon verre, j'avale lentement, je le repose. Je traverse la pièce et m'assois dans le fauteuil, en face de Loudermilk.

« Attendez », dit-il.

Il sort une fiche de son portefeuille. Il me lit mes droits et me demande si je comprends.

« Je comprends.

– Je vous écoute.

– J'ai tué Ligeia Mosely. »

Quand Loudermilk se met à parler, c'est d'une voix vraiment douce et lente, comme s'il craignait de m'effaroucher et que je retombe dans le silence.

« Vous l'avez tuée ? Ligeia Mosely, *vous* avez tué Ligeia Mosely ?

– Oui. Si vous voulez que je signe des aveux, je suis prêt à le faire. On peut y aller tout de suite. »

Je pose les mains sur les accoudoirs du fauteuil, mais d'un signe de tête Loudermilk montre la bouteille de Jack Daniel's.

« Deux verres, pas plus ?

– Oui.

– Je vous soumettrai à l'alcootest dès que nous serons au poste. Je veillerai à ce que votre frère et son super avocat ne puissent pas vous tirer de là.

– Faites donc, shérif. Celui-là sera négatif.

– Bon, et cette fois je ne laisserai rien au hasard. Ça se passera au poste, et devant témoins. »

Mais Loudermilk ne se lève pas. Il m'observe, peut-être à l'affût de signes d'ivresse, de folie, ou de soulagement.

« Pourquoi avez-vous fait ça ?

– Angie Wellbeck avait raison. L'argent que j'ai donné à Ligeia, c'était pour de la drogue, de la drogue qu'elle ne m'a pas fournie.

– Vous l'avez tuée parce qu'elle vous devait de l'argent ?

– Oui.

– Tout seul ? Il n'y avait personne d'autre, là-bas ?

– J'étais tout seul. Personne n'a jamais été mêlé à cette histoire, à part elle et moi.

– Et vous allez m'accompagner au tribunal pour signer une déclaration qui l'atteste ?

– Oui.

– Et un avocat ? Vous n'en voulez pas ?

– Non, dis-je en me levant. Je suis prêt à y aller, tout de suite.

– D'accord, répond Loudermilk, qui d'un signe de tête montre la bouteille. Avoir tué Ligeia Mosely, ce serait l'excuse à votre ivrognerie : d'avoir su pendant toutes ces années ce que vous aviez fait, su qu'elle était toujours là-bas dans ces bois ?

– Non. Je n'ai pas d'excuse.

– Pas d'excuse », dit Loudermilk.

Puis il le répète à voix haute, comme pour l'apprendre par cœur.

Quand il se lève, il rentre avec soin sa chemise dans son pantalon et recentre la boucle de son ceinturon, peut-être déjà en prévision de la conférence de presse.

« Vous avez une arme sur vous ?

– Non.

– Vous feriez mieux de fermer la maison à clé. Vous ne reviendrez peut-être pas d'ici un bout de temps. »

Je prends ma clé et nous sortons sur la galerie. En face, je vois un adjoint qui fume une cigarette, adossé à la voiture de patrouille. Loudermilk lui fait signe au moment où je ferme la porte. Je tourne la clé et j'entends le déclic.

« Allez-vous me passer les menottes ?

– Je devrais ?

– Non. »

Nous descendons les marches, l'adjoint ouvre la portière arrière et je monte.

DIX-NEUF

« J'ai vraiment cherché à partir, cette fois, m'a raconté ma mère, ses paroles ponctuées par les bips et les sifflements des appareils de l'hôpital. Cet été-là, tu avais sept ans et Bill douze. Je savais que ce serait dur de subvenir à mes besoins et à ceux de deux enfants, mais j'avais le sentiment que nous arriverions à nous en sortir. J'avais envoyé mon CV à des lycées, et j'avais un rendez-vous pour un entretien à Raleigh. Mais ton grand-père l'a découvert. Un après-midi où Bill et toi vous étiez au centre aéré, il est venu à la maison, accompagné du shérif Lunsford et de M. Ashbrook, le banquier. J'ai d'abord cru qu'il vous était arrivé quelque chose, à toi ou à ton frère. J'avais tellement peur que je n'arrêtais pas de demander si vous n'aviez rien, tous les deux. Le shérif a dû me le répéter deux fois avant que ça fasse son chemin, que Bill et toi vous alliez bien.

« Ils sont entrés et nous nous sommes tous assis. Ton grand-père a dit : "Montrez-lui le chèque", et c'est ce qu'a fait le shérif. Ton grand-père l'avait libellé à mon nom pour cent dollars, mais le 1 était devenu un 9. La modification était grossière, flagrante. Quand j'ai voulu savoir de quoi il s'agissait, le shérif m'a répondu "falsification", et que M. Ashbrook était prêt à témoigner qu'il avait personnellement reçu de ma main le chèque retouché.

« "Seulement si je décide de porter plainte, bien sûr", a alors précisé ton grand-père. Il m'a dit que si je tentais de quitter

Sylva, c'était ce qu'il ferait. Je savais qu'il m'avait eue, et tout le monde dans la pièce le savait aussi. C'est curieux ce qu'on remarque dans des moments pareils, un truc intime dont on comprend plus tard qu'il a un sens. Malgré la chaleur, ton grand-père portait un costume, il a aperçu une petite peluche, l'a ôtée de son pantalon et, d'une chiquenaude, l'a expédiée par terre. C'était à croire que le fait que j'aie enfin trouvé le courage de nous bâtir une nouvelle vie ailleurs ne lui posait pas plus de problème que cette peluche. Il était là, encadré par deux des hommes les plus puissants de Sylva qui lui obéissaient au doigt et à l'œil. Alors j'ai promis à ton grand-père que je resterais. "Et n'essayez jamais plus de repartir, vu ?" a-t-il dit, et j'ai répondu oui. Je voyais bien que le shérif Lunsford et M. Ashbrook étaient prêts à s'en aller mais qu'ils n'osaient pas se lever, ni même s'éclaircir la gorge. Le shérif a tendu le chèque à ton grand-père. Mais au lieu de le déchirer il m'a regardée et a lancé : "Cela dit, bien sûr, je peux quand même porter plainte et vous expédier en prison, élever ces deux garçons tout seul." Et pendant une minute personne n'a soufflé mot. Nous étions assis tous les quatre, le shérif, M. Ashbrook, et ton grand-père qui laissait planer cette menace, comme si ses paroles étaient quelque chose qu'il pouvait goûter et savourer.

« Alors M. Ashbrook a parlé pour la première fois depuis qu'ils étaient arrivés. "Si vous tentez de faire ça, docteur Matney, je ne témoignerai pas", a-t-il déclaré. Il y en a qui pourraient penser que ce n'était pas grand-chose, mais pas si l'on connaissait ton grand-père, parce que M. Ashbrook avait lui aussi une famille, et je suis certaine qu'il a plus tard payé le prix de ces paroles. Ton grand-père n'a pas relevé, et je me suis demandé si je les avais vraiment entendues, parce que M. Ashbrook avait toujours paru être une chiffe molle, davantage caissier que directeur de banque, le genre de type à tomber carrément dans les pommes si un braqueur était entré dans son agence en réclamant de l'argent. C'est alors que ton grand-père a souri, pas à M. Ashbrook, mais à moi, et qu'il a dit : "Que voudriez-vous que je fasse de deux garçons qui sèmeraient la pagaille dans ma maison ?" Et puis il s'est levé, et ils sont partis tous les trois. »

Cette histoire, voilà ce à quoi je pense pendant que j'attends dans la salle d'interrogatoire, l'alcootest passé et négatif, le shérif et ses témoins, une employée de bureau et un adjoint, présents pour observer tout ce qui se dit et se fait. Il ne manque plus que ma signature au bas des aveux qu'en ce moment on tape et on imprime. Une question me vient à l'esprit concernant le matin où Bill a essayé de retirer son argent. Supposons que M. Ashbrook ait su où cela mènerait, aurait-il défié mon grand-père une seconde fois ?

Peut-être qu'une fois suffit, me dis-je, debout devant l'unique fenêtre de la pièce. Au bout du long couloir gris se trouve la cellule de détention. Je ne me souviens plus à quoi ressemble l'intérieur. Ce qui flotte dans ma mémoire, c'est la porte en fer qui se referme avec fracas comme une gifle audible. Je me rassois et regarde fixement mes mains, en regrettant de ne pas avoir négocié un autre whiskey. Ou peut-être est-ce mieux ainsi. Que le châtiment commence. Fini l'Eugene Gant qui cherchait à fuir, à sa place Raskolnikov, qui épouse son incarcération. Pourtant, cette vision romantique se dissipe bientôt à la pensée d'être violé en réunion par mes codétenus sans avoir bu une seule goutte. L'espace d'un instant, je flanche.

Le shérif Loudermilk entre, mes aveux à la main. Il s'assoit, mais l'adjoint et l'employée de bureau restent debout. Le visage de cette secrétaire ne m'est pas inconnu, c'est peut-être quelqu'un avec qui j'ai été au lycée, parce que nous avons apparemment le même âge. Et puis je sais son nom, ce qui se révèle curieusement réconfortant. Des expressions me passent par la tête : « la théorie unitaire ». « L'amour qui a pris fin hier au Texas. » « Archétype jungien »... Toutes annoncent que ce devrait être la bonne fin parce qu'elle est *cohérente*.

« Vous êtes Renee Brock, non ?

– Clark maintenant, me répond-elle, laconique.

– J'ai acheté un collier dans la bijouterie de votre père, un jour. Il y avait un hippocampe en argent au bout de la chaîne. »

Et alors ? me dit son visage. Tandis qu'elle se retourne pour regarder par la fenêtre, une impression de vide, c'est tout ce que je ressens.

« La séance est enregistrée, me prévient Loudermilk, qui d'un mouvement de tête montre la caméra fixée dans l'angle supérieur de la pièce. Encore une fois, Matney : on vous a lu vos droits et vous avez déclaré que vous ne vouliez pas de la présence d'un avocat, c'est exact ? »

Je hoche la tête.

« Répondez verbalement.

– C'est exact, dis-je.

– Et en signant ces aveux vous reconnaissez avoir tué Ligeia Mosely le 15 septembre 1969.

– Oui.

– Dites-le plus fort.

– Oui. »

Il pose la feuille et le stylo devant moi, et je prends le stylo de la main gauche.

Loudermilk tend le bras au-dessus de la table et pose sa main, doigts écartés, sur le papier.

« Lâchez ce stylo.

– Pourquoi ?

– Où se trouvait la seconde entaille sur son corps ?

– Quoi ?

– La seconde blessure, où était-elle, bougre de salaud ? »

J'essaie de déchiffrer son expression, pour voir s'il cherche à m'avoir, mais on dirait que ses traits – les yeux, la bouche, le front – se tendent à la façon d'un animal qui prépare une embuscade.

« Où était-elle, Matney ? répète-t-il, assez fort pour que son adjoint commence à se rapprocher de nous. Où avait-on aussi tailladé Ligeia Mosely ?

– Je sais ce que vous faites. Il n'y avait pas de seconde blessure. »

Loudermilk se tourne vers son adjoint.

« Arrête cette foutue caméra », aboie-t-il. Puis il s'adresse à Renee : « Retourne à ton bureau. »

Quand l'adjoint revient et confirme que la caméra est éteinte, Loudermilk quitte sa chaise. Il contourne la table et se plante à côté de moi.

« Debout », lance-t-il.

J'obéis. Il me saisit par le col, me pousse contre le mur, son avant-bras pressé sous mon menton.

« Qu'est-ce qui ne tourne pas rond chez vous, bon Dieu ? demande-t-il.

– Il n'y avait qu'une seule entaille », dis-je en haletant.

Il presse plus fort.

« Mais oui, bien sûr, espèce de connard de gaucher ! hurle-t-il. Ils ont trouvé la trace d'une lame sur son os pubien droit, sur le côté *interne* de l'os. »

L'adjoint lui pose une main sur l'épaule.

« Shérif, la fenêtre est ouverte », signale-t-il.

Loudermilk me lâche, recule d'un pas. Je me plie en deux, le souffle court.

« Je… »

Il se penche plus près. Je sens l'odeur de sa lotion capillaire, dans son haleine celle de son bain de bouche.

« Ne parlez pas avant que je vous le demande, Matney, ou je vous mets en charpie même si ça doit me coûter mon boulot et je ne sais quel procès que me collera votre frère. »

Loudermilk attend un peu, puis me libère et recule.

« Il n'était donc même pas là-bas, et il l'a encore moins tuée, remarque l'adjoint.

– Non, dit Loudermilk. Cette charogne ne sait rien de rien, sauf comment vider une bouteille de whiskey.

– Il ne peut même pas vous donner un ou deux noms ? » reprend l'adjoint.

Loudermilk réfléchit un instant. On dirait qu'il a vu remuer la ligne au bout d'une canne à pêche.

« Je vais vous poser encore une question, Matney, et je veux une réponse en un mot. Un mot. Je saurai si vous mentez, donc n'essayez même pas. N'*osez* même pas. Savez-vous qui a tué Ligeia Mosely ? Un mot : oui ou non. »

Nos regards se croisent.

Et je réponds :

« Non. »

Pendant quelques instants, Loudermilk reste sans réaction. Puis il fait un signe de tête à l'adjoint.

« Va chercher ses affaires dans la cage.

– Oui, chef, répond l'adjoint, qui disparaît.

– J'espère que la prochaine fois que je vous verrai, me lance alors Loudermilk, votre voiture sera enroulée autour d'un poteau téléphonique, un accident sans tierce personne. Si vous êtes en petits morceaux, je dirai au chauffeur de l'ambulance de rouler lentement, et de vous emmener à Waynesville, pas à Asheville. Je ne donnerai pas à votre frère une autre occasion de sauver votre cul de bon à rien. » Il ouvre la porte. « Fichez le camp », ordonne-t-il.

Tandis que l'adjoint me raccompagne chez moi en voiture, je pense à la remarque de ma mère à propos d'un truc qui paraît insignifiant sur le coup et qui pourtant, plus tard, s'avère important, essentiel. Ce dont je me souviens n'a pas eu lieu à Panther Creek, mais au lycée, entre deux cours. Ligeia tendait la main vers son casier, un des livres coincés au creux de son bras a glissé et, alors qu'elle faisait un geste maladroit pour le rattraper, ses autres bouquins se sont éparpillés sur le sol.

Elle s'est mise à genoux pour les ramasser, ses yeux levés, son visage s'empourprant sous l'effet de la gêne. C'est un souvenir anodin d'un moment anodin, quelque chose qui est arrivé à tout le monde, au lycée. Quelque chose d'humain, c'est tout.

VINGT

Il y a eu un dernier court article dans le journal. Le shérif Loudermilk y déclarait que, bien que la mort de Ligeia Mosely ait pu effectivement être liée à la drogue, aucune piste sérieuse n'était apparue. Ligeia avait très bien pu parcourir à pied le kilomètre et demi qui nous séparait de la grand-route et faire du stop, et la première voiture qui s'était arrêtée avoir été la dernière. Il reconnaissait qu'il était de moins en moins probable qu'on découvre son assassin. Trop de temps s'était écoulé.

J'ai quand même, pendant des mois, continué à attendre que quelqu'un se présente et révèle que Ligeia nous retrouvait, mon frère et moi, le dimanche à Panther Creek, ou bien se souvienne de notre pick-up garé là-bas. Mais il ne s'est rien passé, et maintenant l'hiver est là. La terre autour de Panther Creek est enfouie sous trente centimètres de neige, la rivière vitrée par le gel. Il ne reste plus de feuilles pour donner une voix au vent.

Bill et moi n'avons pas reparlé d'elle. C'est maintenant entre les mains de mon frère, le bien qui pourrait ressortir de ces événements. J'ai presque terminé cette histoire, mes journées seront donc plus vides, la pendule avancera vers cinq heures du soir à une allure d'escargot. Bientôt j'allumerai un feu, quand il sera l'heure je lèverai mon verre à pied vers l'âtre et j'apercevrai par transparence les flammes réfractées. Au fur et mesure que la bouteille de whiskey se videra, je me verrai peut-être même comme un homme qui aide à sauver des vies, un assistant fantomatique chaque fois que la lame pénètre la chair.

Quant à Ligeia, je lui ai donné le prénom exotique, les yeux bleus et le teint clair que je lui avais promis, cet après-midi-là à Panther Creek. Maintenant, alors que la Terre en tournant plonge les montagnes à l'ouest dans l'obscurité, une dernière promesse demeure avant que je n'offre cette histoire au feu, page après page. Le feu et l'eau. J'écris donc la fin, qui se déroule ce soir, ni dans cette maison, ni à Panther Creek, ni même dans le cabinet médical de mon frère, mais sur une plage de Floride. Une femme marche pieds nus, la marée montante vient bruisser sur ses orteils. Sa maison sur la plage se dresse une cinquantaine de mètres plus loin. La nuit est presque tombée et elle aperçoit la chaude lumière jaune derrière les carreaux. Un homme est là, qui termine l'ultime paragraphe avant de venir la rejoindre. Une vague de bonheur l'envahit à la pensée de la chance qu'elle a eue de survivre à ses années de vie dissolue. Leur fille, aujourd'hui adulte, arrivera demain pour les voir et restera une semaine. La femme redescendra ici au matin, et toutes les deux entreront dans la mer en se tenant par la main. Ou peut-être qu'il n'y a pas de fille qui viendra en visite, pas de mari qui termine une histoire, pas même d'histoire – rien qu'elle, qui sourit à l'instant où elle quitte le sable et pénètre dans l'océan. Elle s'élève sur la vague, jette un coup d'œil vers le rivage, puis se retourne et disparaît, une sirène enfin de retour chez elle.

REMERCIEMENTS

Merci à Kathy Brewer, Tom Rash, Bill Koon, Megan Lynch, Phil Moore, Marly Rusoff, Ann, Caroline, et James.

En avant !

RÉALISATION : IGS-CP À L'ISLE-D'ESPAGNAC (16)
ACHEVÉ D'IMPRIMER SUR ROTO-PAGE PAR L'IMPRIMERIE FLOCH À MAYENNE
DÉPÔT LÉGAL : AOÛT 2017. N° 133855 (91324)
IMPRIMÉ EN FRANCE